中国乡存丛书

黄孝纪 著

节庆里的故乡

广西人民出版社

自序：

节庆里交织的苦涩与欢愉

◎ 黄孝纪

002

  在我看来，故乡的一年是从鞭炮声里结束，又在鞭炮声里开始的。从童年到中年，每当除夕子夜旧年与新年交替的那一刻，鞭炮声骤然响起，响彻村庄，响彻夜空，响彻大地！这剧烈的鞭炮声此起彼伏，经久不息，绵延着家家户户，绵延着村村落落，是人间最热闹的时刻。这一刻，时光的年轮刚刚滚过了一个轮回，又分秒不停地向着下一个轮回滚去。

  长久以来，在农耕的故乡，人们都是遵照古老的农历来计算日子，安排农事，顺应四时节庆。最典型的，每个人的生日，都是农历年，农历月，农历日，加上时辰，组成了天干地支中的生辰八字。在旧日的故乡人看来，无论过生日，还是过节过年，只有按农历，才是有意义的。

  春夏秋冬，周而复始。千百年来，农耕的故乡依照农历，逐渐形成了一套与生产生活及其所处的自然环境相适应的习俗，有的习俗有着相对固定的日期和仪式，进而成为节庆。在故乡，节庆与习俗是密不可分的，某种程度上甚至是等同的，故而这本书取名时也就依照故乡习惯，叫《节庆里的故乡》。在日出而作、日落而息的慢时光里，这些浸润到日常生活里的节庆，由一代又一代的故乡人言传身教，传承因袭了下来，直到我的童年和少年时代。一年四季，我们在节庆里生活，节庆也塑造了我们的生活和灵魂，构成了我们完整的人生。

一年初始,当迎接新年的鞭炮声响彻故乡的夜空,天地交泰,真正的春天来了!在故乡,正月初一是一年的开端,是头一个初一,无疑是最值得庆贺的。这一天俗称过年,是万家团圆,共享美味佳肴和幸福时光的好日子。为示慎重,这天早上,故乡人家在敬过祖先神灵后,必定会举行一个传杯的仪式,祝福所有的家庭成员,在新的一年里诸事顺利、吉祥如意!这一天,给家中长辈拜年,是故乡的风习。外出拜年,走亲访友,则是从正月初二开始,一直要持续到元宵节。

在为期半个月的春节里,耍狮子、舞龙灯、看戏,堪称旧日故乡最主流的大型年俗活动。在我童年和少年时代,故乡有本村师傅教授的耍狮子的队伍,他们大多是热爱武术的年轻人,身体矫健。在故乡一带,耍狮子分为两种,一种是耍单狮子,人数较少,以表演武术为主;另一种是耍神狮子,不但人数众多,还配有全套响器,进朝门,拜祖厅,进宗祠,都有专门的唱段仪式,庄重而典雅。耍神狮表演的内容也更加丰富多彩,通常会与演故事融合在一起,比如十月怀胎,有演有唱,能令人共情而动容,往往吸引着一村老小围观,群众参与性极强。春节期间,各村耍狮子的队伍,经常相互走村拜年,好不热闹!

舞龙灯则更为人们所推崇。在故乡人看来，龙是神物，能驱邪祟，保一村平安。在故乡，用稻草扎龙灯，通常从正月初一下午就开始了，人们在过年的闲暇，聚集在村前的朝门口，当中自然会有人倡议扎龙灯，随即就有热心者抱来干净稻草，有人去后山砍木棒，众人一齐动手，一条栩栩如生的金黄稻草龙便扎将起来。一个村庄必定会扎一条大龙，或是七节，或是九节，或更长，每一节称为一稿，需多人才能一齐舞动。村中的小孩子，往往也会扎一些简单的小龙，俗称狗婆龙，或是一个单独的龙头，或是一节龙身，或是两三稿，撑着木棒，点上几根香火，独自或者两三个人耍着玩儿。在整个春节期间，村中的那条大龙，每天都会有众多的大人孩子一齐举着，簇拥着，挨家挨户收香烛，贺新年。等到夜晚，插满香火的龙灯，伴着喧闹的锣鼓声，在村前的开阔地舞动，在村巷里扫宅驱除邪祟，各家都会放鞭炮，点香火，开门迎接龙神的到来，一派喜气洋溢。这样的盛况，一直要持续到元宵夜龙灯倒灯。

看戏也是故乡人的旧习。一年到头，勤于耕耘的农人，在春节期间，难得好好地放松身心，观赏戏剧。故乡的戏台，在村旁的黄氏宗祠，这是一栋规模宏大的清代建筑，一台台乡村剧团演出的古装大戏，永远定格在我童年的记忆里。

出了元宵节，生活恢复常态，人们又开始了一年的耕耘。随着农时节气的推进,惊蛰到来,万物苏醒,雷霆震撼苍穹,春雨哗哗而下,田野葱绿,繁花争艳,百鸟飞翔,一派盎然的春意,播种正当其时!当此之际,故乡人会在特定的日子,祈雷,祈鸟,以求风调雨顺,五谷丰登。绵绵的春雨中,也迎来了一个伤怀的时节,便是清明,家家户户扫墓祭祖,缅怀先人,山岭间不时响起的零星鞭炮声,寄托了人们慎终追远的无限哀思。

  与多雨的春天相比,夏天更多的是晴朗和炎热。这时,早稻已经插下田,正拔节生长,孕育着乡民丰收的期望。旱土里原本绿油油的小麦,也一日日变得黄熟起来。两个传统佳节紧随而至,一个是四月八,一个是端午节。四月八堪称旧时故乡的儿童节,这一天,家家户户都会煮红蛋,是送给未成年子女的节日礼物;糯米饭、葱花煎蛋,是当天过节的必备佳肴。在我童年时代,故乡人过端午,都是蒸新麦馒头。麦子出自故乡的土地,又在村旁的水磨坊磨成面粉。在我们家,母亲做的馒头,有两种样式,一种是放红砂糖的,如半月;另一种是不放糖的,如拳。蒸时,先在笼屉上铺垫几张从江边新摘来的大梧桐叶。蒸熟的馒头,保持着暗黄的自然色泽,有着浓郁的梧桐叶清香。以后,随着杂交水稻的推广,稻田增产增收,小麦的种植渐渐少了,故乡人家的端午节,包粽子代替了蒸馒头。

006

六月盛夏，稻田渐渐黄了，丰收已然在望。曾有许多年，割稻尝新是在正式收割之前，剪取一些略略泛黄的稻穗，晒烘干了，舂米做饭，敬神灵祖先尝新。以后，这种仪式逐渐演化到早稻收割之后，且要买肉买鱼，做出丰盛的饭菜，既是对天地神灵的感恩致敬，也是农家人对自己勤劳丰收的犒赏。

夏日的乡村，阳光高照，袅袅的炊烟升腾在瓦舍的上空，村中认亲寄名的，挂着竹竿的盲人来村里算八字的，六月六晒衣物的，做砖瓦送茶礼的……人事繁杂，更是充满了烟火气息。若是遇上有老人去世，一村的氛围立时会变得有些异样。故乡人重生，亦重死，对于寿终正寝的亡亲，会依照传统礼俗，给予最隆重的哀荣。在亲人亡故的当时，孝子披麻戴孝，由一个打锣人领着，到村前的老井跪拜行礼，抛几个铜钱或硬币，打一铜壶水，意为给亡亲买水，既是给亡亲最后一次擦洗身体，也寓意着让其在另一个世界能有水喝。亡亲睡过的床铺衣物等遗物，此时称为稿荐，要烧化在村前石桥头的江岸边。那烧化过后的黑色遗痕，宛如一块巨大的伤疤，久久地贴在青草丛中，贴在每一个子女的心头。

待到秋高气爽，七夕如期而至。自古以来，牛郎织女的爱情故事总是让人动容。在我的童年里，每逢七夕之夜，我们总会坐在屋旁的青石板巷子里，一边听大人讲古，一边痴痴地仰望深邃的星

节庆里的故乡

空,在那云雾状的长长银河两岸,企图找到正在鹊桥上相会的那一家人。

七月半俗称鬼节,是神人交汇的节日。那几天,家家户户放鞭炮,祭祀祖先,而且要仔细备办好饭好菜,餐餐在神台前敬茶敬饭,态度恭敬虔诚之至。七月十五的那天,各家还要化纸焚香,献上新做的米粑,送祖先上路。

中秋和重阳,也是秋日里的两个重要节庆。故乡的中秋,最主要的节俗是捣糍粑。重阳则注重敬老。这段日子,故乡人走亲戚十分频繁,女子回娘家送节,或者被娘家人请去过节;年长者祝寿,或被晚辈请到家中来侍奉款待,充满了浓浓的人间温情。

秋冬之交,天气不冷不热,是烧窑建房的好时机。二十世纪八十年代初,故乡分田到户,生产队解体,人们的生产积极性高涨,加上杂交水稻和农药化肥的普遍推广,稻田的收成连年增长。日子向好的故乡人家,纷纷做砖瓦,烧窑,建房。那时候,故乡一带兴起了帮人情工、送茶礼的新风尚,乡亲邻里之间,遇着这样的大事喜事,相互帮衬,是人间珍贵的情谊。有好些年,村庄里的新瓦房一栋栋拔地而起,很多人家都陆续搬离了世代居住的青砖黑瓦的老厅屋,乔迁新居。我们家也正是这期间进火的,告别了旧瓦房,住进了门前溪水流淌,屋内宽敞明亮的新瓦房。

冬至之后，田里的晚稻，土里的红薯，山上的油茶，都已收获，农耕的故乡真正到了冬闲期。曾有许多年，故乡的年轻人在长日冬闲里喜爱拜师学艺，学木工的，学油漆的，学吹喇叭拉二胡的，习武学耍狮子的，多种多样，一村之中，许多人之间都是师徒关系。漫长的冬日，也是乡村青年男女喜结良缘的季节。在故乡，无论是说媒定亲，还是娶妻嫁女，人们常选择在冬天举行这传统礼仪。亦因此，在我童年和少年时代，冬日里经常能看到本村的或者外村的迎亲队伍，抬着红红的嫁妆，喜气洋洋地走在村前的田间小路上。那些进入朝门，嫁到我们村庄的新娘子，从此成了我们这里的人，为人妻，为人母，生儿育女，勤俭持家，与这方土地血脉相连，一生相守。

当村北的榨油坊整日响起打茶油的响声，当村庄的空气里飘散着新茶油炸年货的浓郁芳香，一年的时光渐渐进入尾声，过年成了孩子们的好盼望，成了大人们着手准备的大事情。在故乡，长久以来有杀年猪送年菜的风俗，在小年前后的那几日，各家都会砍上几块猪肉做年菜，让家中孩子或大人，给外公外婆或其他的亲戚家送去，并说定来年拜年的日子。那段时间，往来村庄的小路上，到处都能碰上拎着一串串猪肉走亲戚送年菜的人。

村庄里，孩子们玩耍的鞭炮声渐渐多了起来，过年的氛围越来越浓了。农历腊月二十四，是故乡的小年，除尘、祭祖、送灶王爷上天，是这个节日里的重要事项。几天后，大年三十如期而至。除夕是一年收头煞尾的日子，是万家团圆的日子，是好吃好喝的日子，是幸福开心的日子。这一天，人们相守在自己的家，备办着种种美味佳肴，门口贴着红春联，更是喜庆洋溢。等到午后，家家户户相继关财门，吃团年饭，过节的鞭炮声此起彼伏，吉祥与美好，笼罩着此刻的故乡大地，温暖人间。

　　除夕之夜，守岁，吃年更酒，给小孩子压岁钱，是故乡人家亘古不变的年俗。当子夜来临，新旧之年更替的那一刻，激烈的鞭炮声顿时响起，经久不息，震撼天宇。这鞭炮声，出自千家万户，出自村村落落，出自每一个热爱生活、向往未来的普通百姓！是普天同庆的美好心声！

　　多少年来，在传统农耕的故乡，这些交织着艰辛与甜蜜，交织着苦涩与欢愉，交织着悲痛与希望的节庆习俗，就这样年复一年地轮回，为一代又一代的人们所继承，所推崇，所发展。某种意义上来说，作为传统农耕生活的延续，这些乡村的节庆习俗，也揭示了中国人的生存状态和面对生活的态度，代表了一种生生不息的中国文化，是我们伟大民族无比灿烂的精神支柱！

二〇二一年农历九月初十，写于郴州

目 录

第一辑　春

- **002**　头初一
- **007**　拜年
- **012**　兜盘子
- **015**　舞龙灯
- **020**　耍狮子
- **026**　看戏
- **030**　闹元宵
- **034**　祈雷
- **038**　祈鸟
- **043**　清明

第二辑　夏

- **050**　四月八
- **054**　端午
- **058**　尝新
- **062**　打铜锣
- **066**　算八字
- **071**　寄名
- **075**　烧稿荐
- **079**　请看饭
- **083**　六月六
- **087**　送茶

第三辑　秋

094　七夕
098　七月半
101　中秋节
105　认亲
109　走亲戚
113　重阳节
117　过生日
122　进朝门
127　开宗祠

第四辑　冬

134　冬至
138　帮工
142　进火
146　拜师
150　定亲
155　坐月子
160　腊八节
163　杀年猪
168　小年
172　挂红传杯
176　除夕

第一辑

春

头初一

鞭炮骤然响起……

急促，清脆，欢快。在湘南山区的一隅，噼噼啪啪的声音，穿透了漆黑又寒冷的夜空，穿透了我家的瓦檐、砖墙和糊了窗纸的木格窗，密集地传来，将我惊醒。

我躺在被窝里听着，起初是一家，紧跟着又是一家，又是一家，两家，三家……越来越多，似乎我们整个村庄都已被鞭炮点燃。雨点般的声音，一会儿近，近得分明能感觉到兴许就是邻居的某家；一会

003

儿远，远的则只能判别出大致的方位，猜测是村中的某处；还有更远更隐约的，分明已是周边的邻村了。一时间，夜空里到处是噼噼啪啪的鞭炮声，远远近近，高高低低，此起彼伏，相互交织，响彻天地之间。我知道，此时正值子夜，旧年的除夕刚过，新年的正月初一，也就是我们俗称的头初一，已经到来了，天地交泰，万象更新，各家各户正在接春纳福，祈盼迎来一个风调雨顺、五谷丰登的好年景。

20世纪80年代初期，我的故乡八公分村已经分田到户，我家搬离了原先居住的那栋青砖黑瓦带天井的老厅屋，住进了村南水圳边新建的红砖瓦房。其时我上中学，正是少年。那时候，虽说黑白电视机开始进入村庄，但毕竟是极少数人家才有。对于大多数家庭，尤其是我们家，是没有这个经济能力的。同往年一样，除夕之夜，我们一家人吃过年饭之后，闲坐闲聊一阵，父亲会率先上床睡觉，他比母亲大十八岁，一向有早睡早起的习惯。之后，我和二姐、三姐也相继歇息。此时，灶屋里只有母亲一个人在一盏白炽灯下，守着一炉炭火。这一夜，她不会上床睡觉，顶多坐在宽板长凳上打打瞌睡，而后精神百倍地洗刷忙碌，预备子夜时分的接春和团年。

子夜里的鞭炮声密集响起之时，我们家的公鸡也"喔喔喔——"拖着长声啼叫起来，母亲会一一叫我们起床。几十年来，母亲一直遵循着古礼，在旧年新年更替的这个特殊时刻，做四道新鲜的下酒菜，一家人在半夜里象征性地吃一餐年更酒，母亲叫团年。这也是旧时故乡的一个年俗。

004

浓浓的寒意里,我们都睡眼惺忪地穿衣起床,简单地洗一把脸,坐在灶旁烤火。母亲已在厅屋的神台前点了一对红烛,在香筒里插了三炷香,并给天地祖宗焚了纸钱,虔诚祝祷过了。我接过母亲交给的长鞭炮,在敞开的大门檐口下点燃,顿时,噼噼啪啪的声音,激烈而顺畅,闪动的火光,幽香的烟尘,便融入了夜空,汇入了乡村喧闹祥和的接春氛围里,我的心情也一时振作起来。

这美好的时刻,母亲心情愉悦,她的脸上总是浮现着浅浅的笑容。母亲开始炒菜,这个时候,她喜欢我们都坐着烤火,由她一人忙碌,我们也很享受这样菜香氤氲的夜半时光。菜是她早已预备好的,四道,取事事如意的彩头,通常是三荤一素,一碗炒猪耳,一碗圆子,一碗油炸鱼块,一碗清炒白菜。装菜的碗自然是没有缺口瑕疵的,菜的分量也比平时要略少,半大碗的样子。

红漆斑驳的接手板,一端插在灶桌的缝隙里,长悬于灶火之上,这是故乡人家曾经特有的生活器物,起着饭桌的功用。喷香的菜肴和碗筷在接手板上摆好,我们每个人的碗里,都斟上了温热的糯米胡子酒。这酒是母亲专门为过年酿制的,酒度低,加了糖,香甜好入口。我们喝着酒,吃着母亲做的佳肴,说些轻言细语的家常和对新年的打算,明亮的电灯光下,温暖的灶屋里,团年的仪式在这世间的一隅,时隔一年之后又再度举行,充盈着家和亲情的温馨。

屋外的夜空里,鞭炮之声渐渐稀了,天地间又重归宁静。我们吃过年更酒,团了年,复又上床睡觉,只有母亲继续窸窸窣窣地忙碌,

节庆里的故乡

直到天明。

当村庄里的鞭炮声再次陆续响起时,天已大亮。母亲一夜没睡,父亲已经起床。我和姐姐也先后起床洗漱。这一早,我和姐姐起来的第一件事,就是给父母祝贺新年,说一句吉祥话。"爹爹,祝你新年身体健康,越老越红!""妈妈,祝你新年身体健康,越老越红!"父亲和母亲乐呵呵的,脸上洋溢着新年的幸福,他们也会对我们说些祝福的话语,简短而吉祥,饱含着对儿女的深切期望。我和姐姐之间,也在见面的一刻互贺好话,笑容灿烂。那时家中只有我一个人在上学,父母和姐姐给我的祝词里,都有着对我学习进步的勉励。

新年新气象,厅屋大门敞开着,光线亮堂,神台上贴着红纸黑字的家神牌,灶屋门口和厅屋大门口,贴着火红的春联,一律都是崭新的,看着就喜庆。春联是我写的,这是母亲每年过年的时候交给我的任务。母亲虽是文盲,对我的教育却严格。我那时没有专门习过书法,自觉写的毛笔字很丑,但母亲却高兴。记忆中尤为深刻的是,我那时在灶屋门口写过一副对联,"宝剑锋从磨砺出,梅花香自苦寒来",这也寄予了年少的我对自己的勉励。

灶屋里的炭火正旺,母亲在烧水泡茶,水汽氤氲,铜茶壶锃亮。故乡的年俗,头初一的早晨,要举行传杯的仪式,俗称出行。人们相信,只有在自家举行过这一庄重的古老仪式了,才会出行大吉,四方大利。当我们洗漱完毕,母亲的茶已泡好,她在灶桌上插了接手板,摆了装满油糍粑、兰花根、花生、纸包糖、饼干之类年货的圆盘,上面用一块宽大的四方红布盖着,我们每个人的酒碗里,放了两颗红枣。在烧纸、焚香、点红蜡烛、放鞭炮、敬过天地神灵之后,我们团坐着,面含喜悦。父亲手执小酒壶,在每只酒碗里略略斟酒一轮,酒依然是温热香甜的糯米胡子酒。父亲率先端起酒碗,笑着说:"来,过年了,一杯,出行大吉!"我们一齐举杯,微微抿一口,又放下。父亲又斟第二轮酒,也就是所谓的双杯,然后是三杯、四杯,一共要斟酒四轮,祝词四句,句句吉祥。四轮祝酒毕,母亲揭开红布,我们方可拿圆盘里的东西吃。我们喝掉碗里的酒液,吃了红枣,开始喝早茶。

头初一的这一天,故乡人的禁忌,一般不外出走动,尤其尽量不到别人家串门。地上的鞭炮屑、灰尘,也不打扫,据说这些都是财气,扫了会不吉利。我有时在灶屋里烤火,看母亲做饭做菜,预备过节,有时在厅屋门口或屋外自家禾场上,站一站或走一走。门前溪水长流,田野空旷,路上少有人迹,村庄里时不时有鞭炮之声响起,有的是零零碎碎在燃放,在炸响,那分明是孩子们在石板巷子里,或在自家厅屋里,开心地玩耍着他们的新年礼物。偶尔也遇着邻居出门,相互见了,热情地称呼一声,道一句新年的祝福。

拜年

到了正月初二,出行拜年的乡人就渐渐多了起来,乡村的道路上,往来的全是拜年的大人和孩子,他们提着礼品和鞭炮,穿着干净或簇新的衣服,喜气洋溢。沿途的大小村庄,不时响起一阵激烈的爆竹声,那是有拜年的客人刚刚抵达的喜庆消息。从这一天起,直到元宵节,在旧时故乡的习俗里,都是拜年的好日子。

在我的童年和少年时期,我家的亲戚不多,我每年必定要去拜年的地方,就是舅舅家。舅舅家在桂阳县东成公社(乡)小车江村,那

008

是一个邓氏村落，距离我们八公分村有十多里山路，是永兴县与桂阳县的一处交界之地。我的母亲名叫观莲，她在娘家时还另有一个名字叫运莲，她娘家村庄的长辈和同龄人，多以运莲称呼她。我的舅舅叫方成，比我母亲小十几岁，他们姐弟二人，是我外公仅有的子女。不过，我的母亲与舅舅是同父异母，因为我的母亲两岁时，我的亲外婆就病逝了。

我有记忆时，我的外公早已去世。那时候，我母亲的继母，也就是我的后外婆还健在，她是一个精瘦的小脚老人，印象中常年穿着黑衣黑裤，头上戴着一顶乡村老妪特有的黑圆帽，或者就顶着一块黑帕子，她背有点驼，耳朵也不太灵光。曾有多年，外婆单独居住在青石板巷子边的一间老瓦房里，并不与舅舅舅妈他们同住。每年里，遇着过节，母亲就常会带着我回娘家走亲戚，我和母亲每次都要到那间被柴火烟尘熏得漆黑的老瓦屋看望外婆。外婆听到我的叫声，露出惊喜的神色，笑着叫我："是春和来了！"我小时候名叫青和，但外婆方言口音浓重，加上年老齿缺，叫起我的名字来，就变成了春和。紧接着，她就会拿一个木圆盘，窸窸窣窣从黑暗的凳角落那只瓦罐里，掏出几把炒花生或者别的吃食，塞进我的衣服口袋里，让我吃。母亲回娘家走亲戚，一向都是在舅舅家落脚，并不在外婆那边吃住。每到舅舅家喝茶吃饭的时候，外婆就会过去，与我们同吃。

舅舅村里的客情很好，尤其是在拜年的那几天，亲情浓烈，佳肴飘香，自小就在我心中留下了十分深刻而美好的印象。

009

那时候拜年，在除夕之前的几天，我们家就会派一个人去舅舅家送年菜，顺便约定拜年的日子。所谓年菜，就是一块猪肉，或是自家杀年猪时砍下的，或是从别家买来的，一般两三斤一块，长条状，上端用几根稻草绑扎，打一个套结，能伸进两根手指提着。我上小学的时候，已能独自在通往舅舅家的山路上往返，母亲就把送年菜的任务交给了我。家中有一个男孩能代替父母去舅舅家送年菜，在我母亲看来，是一件足以令她欣慰的事情。况且我学习一向很好，每学期都能评上三好学生，此时已放寒假，到了舅舅家，他必定会问及我的功课和成绩，我顺便报告一下，在母亲的想象中，也是有面子的事。

拜年的那一天，父母带着我，有时也带上姐姐，过村越岭，一同走路去舅舅家。母亲的行囊里，是她精心备办好的礼品以及纸钱、香烛、鞭炮。那时乡村物资条件有限，所谓礼品，无非几封草纸包裹的黄糖或冰糖，是从我们村庄对面的油市塘供销社买来的。母亲的娘家，除了舅舅家外，还有几户近亲，糖封的数量，是母亲算好了的。

到了舅舅家的村口，走进曲折的石板巷子里，就不时有认识我们的人热情地打招呼。我走在前面，推开舅舅的家门，叫一声舅舅舅妈，舅舅舅妈热情相迎，大家都满面笑容，说着祝福的话，亲情浓浓。在舅妈烧水泡茶的当口儿，舅舅就会接过我们的行囊，从里面拿出纸钱、香烛和鞭炮，带着我到旁边的祖厅神台前祭拜祖先。这也是我往后几十年来，每年到舅舅家拜年的第一件大事，在这庄严的仪式里，感受着血脉的传承。敬过祖先，放过鞭炮，此时，舅妈已在桌上摆上酒杯和茶点，糖、饼、花生、瓜子以及兰花根、套环、油糍粑、红薯丝等油炸年货，满满的一大盘，十分丰盛，上面盖一块红布。我们知道，舅舅这是要给我们传杯了。这是湘南地方的年俗，尽管正月初一我们已经在家里举行过传杯的仪式，但是当我们去舅舅家拜年时，他同样会专门为我们举行这个仪式以示吉祥与欢迎。

在舅舅的祝福里，传过四杯酒后，小孩子即可玩耍了，大人则继续喝茶聊天。我那时喜欢跟表弟建平玩，他有很多连环画的小人书，会一股脑搬出来，让我看过瘾。这在我家，是不可能有的。母亲一向对我的学习要求严厉，且偏执地认为不能看小人书。再说我家经济贫困，也没钱买。不过在我拜年的日子，母亲是允许我和表弟一起看小人书的。舅舅屋旁的几户人家，也有几个跟我年龄相仿的男孩，作为客人，他们对我多了一份客气和友好，我也经常同表弟一起跟他们玩，捉迷藏，在巷子里奔跑，甚至去老井边看人家洗菜，不亦乐乎。

我们会在舅舅家住上两三天，这几天里，母亲娘家的那些亲属，也陆续有客人来拜年，各家都会轮流邀请我们去喝茶吃饭，席面往往有两三桌，有时晚上甚至还要请去吃夜宵。酒席上，满是喷香的佳肴，是那个简朴年代每户人家最隆重的规格。男人们喝着酒，聊着家常，相互一轮轮地劝酒，喝得十分尽兴。妇女们的话题就更多，大家聚在一起，轻言细语，总要谈得难舍难分。在这样的场合里，我自然认识了更多来自不同村庄的客人。有时，我们才刚吃过饭或喝过茶，舅舅家的一些邻居，一些与母亲从小一起长大的伙伴，也会络绎来邀请我们去喝茶。那几天，我的小小肚子，终日都是鼓鼓囊囊的，饱得很。

母亲娘家的亲戚们，我们都一一拜过年了，吃过茶饭了，也到了我们回家的日子。在舅舅家吃过早饭，喝过茶后，我们接过众亲戚送来的回礼，红蛋、花生及各种油炸年货，在送别的鞭炮声中，辞别了舅舅的家门。外婆、舅舅、舅妈、表弟和许多亲戚，他们一齐送我们出了村口，这才止步，嘱咐着，挥着手，望着我们渐渐远去。

兜盘子

过年总是让人难以忘怀的,尤其是在我们童年的时候,单是兜盘子的旧俗,就有着许多的乐趣。

那时的故乡,有一种简陋的木制圆盘,漆成红色,盘口很浅,是日常盛放花生、瓜子、烫皮、豆子等茶点的容器。有的人家,圆盘做得很精致,雕刻着美丽的枝叶花纹,盘内分成数格,甚至还有盖子,古色古香,简直是工艺品了。倘若没有木圆盘,也必定有小团箕,篾丝编织的,同圆盘大小相当,圩场上随时能买到。在我们家,圆盘和小团箕都有,

013

只是那圆盘因长久使用，盘里盘外的红漆都已斑驳，现出木质的本色。

故乡人家有喝茶的风习，尤其来了客人，先烧水泡一铜壶新鲜热茶待客，那是必须的。圆盘里的茶点则因四时而异，多是自家的简单土产。在招待客人喝茶之时，一家的主妇就开始张罗饭菜。小时候，我就经常看到母亲是这样殷勤好客的。有时客人来得突然，家中碰巧没有米，也没有好菜，母亲依然笑容和蔼，热情如故，丝毫看不出有一丝窘态，完全没事的样子。而后，在招呼父亲与客人喝茶的时候，母亲就会在衣襟下藏了小团箕或瓜勺，悄悄出门，去邻里借米借盐，借几个蛋或几块腐竹这类的干菜。回到家里，母亲若无其事地做出一顿喷香的饭菜，并不时跟客人谈笑几句。

在那个生活简朴的年代，能够装在圆盘里的，在童稚的眼光看来，都是难得、好吃的东西。而这，也在故乡演化出了一种礼俗，给遭受委屈的孩子兜盘子，作为赔礼，予以安抚。

我小时候在村里爱打架是出了名的，许多日子跟伙伴玩着玩着就打起来了。而在村里，这样顽皮捣蛋的孩子也很多。既然是打架，有打赢的，就有打输的，甚至抓破了脸面，弄出鼻血来。那打输的人自然会耍起泼皮来，哭哭啼啼，闹上门去，更甚者手中抱了大石块，扬言要砸门、砸锅、砸水缸。这下打赢了的家伙可麻烦了，吓得不轻，挨父母一顿打骂是自然的了。做母亲的，看见哭闹的泼皮上门来了，先是把自家孩子一顿臭骂，而后好言安慰，将泼皮手中的石块拿下来，说："来来来，我给你兜个盘子。"经这么一劝慰，泼皮的哭喊声渐渐小了，言语行为也不再冲撞激烈。而那边，打赢者的母亲已经拿了圆盘，装了花生等吃食，笑呵呵地往泼皮的衣兜、裤兜里塞，将一盘东西全兜上，再好生安抚几句，打发泼皮回去。至此，泼皮的哭闹变成几声抽噎，扭扭捏捏地走了。而那打输者的父母，看见自家孩子兜盘子来了，本也是孩子间的事情，谁家的孩子不打打闹闹的呢？心中的火气也就消了很多。我那时跟隔了几条巷子的永红是对头，他小名砂罐，我小名鼎罐，一打起来总是我赢，连村里的大人都取笑他了："你是砂罐，他是鼎罐，砂罐怎么碰得过鼎罐呢？"不过他也泼皮出了名，嗓门又大，我的母亲为此可给他兜过不少盘子。

　　一年中，圆盘里的东西最丰盛的日子，是过年的那段时间，各家都备办了年货，油糍粑、兰花根、套环、花片、糖饼、红枣……都好吃得很。故乡的习俗，在大年初一到元宵节的这段日子，尽量要自家孩子不要去别人家玩耍。不过，孩子毕竟是孩子，玩着玩着就常串门了。有别人家的孩子来了，做母亲的，必定会拿了吃食，给这孩子兜盘子。兜了盘子的孩子，回家后，会高兴地告诉自己的父母。这类事情，看似小事，却也更增添了乡邻之间的友善情谊。

　　我小时候每年跟着父母去外婆家过节或者拜年，外婆和舅妈最爱给我兜盘子了。去的时候，一进门，她们就要给我兜盘子。回家的时候，她们也要抓一圆盘的东西，给我兜上，说是路上给我吃的。从外婆家到我们家，要走十多里山路，一路上，我不时从鼓囊囊的衣兜、裤兜里掏东西吃，吃得口干舌燥，嚷着母亲带我到沿途的山村人家讨茶喝。

舞龙灯

那条金黄的稻草龙,时常在我童年的记忆里舞动。

在故乡,正月初一过新年,家家户户都是过中节,也就是中午这餐算是过节的正餐,大鱼大肉,最为丰盛,于今亦然。那时候,虽说这天村中往来走动的人较平日少,但是吃罢中饭之后,依然会有人陆续走出家门,汇集到村前的朝门口闲聊,这之中,又以成年男子居多。若是不下雨,甚或是晴天,闲聚闲谈的人就更多,身着新衣服的小孩子不时在人群之间走来穿去,放些零碎的鞭炮,或从手中拿着的一张红纸炸药抠下如豆的一粒放在石板、石墩上,用小铁锤一敲,发出啪的一声脆响,硝烟腾起,乐不可支,过年的氛围就愈发浓了。这些闲站闲谈的人当中,自然就会有人扯到龙灯身上,提议扎龙灯,一人倡议,众人响应,于是一年一度的舞龙灯乡俗就此拉开了序幕。

长久以来,故乡的龙灯都是用稻草扎的,自然可称作稻草龙灯,或者草龙灯。不过,我们日常的方言里,把稻草叫作秆,因此,村人口头多叫作秆龙灯。扎龙灯的倡议一旦付诸行动,就有自告奋勇的人从自家猪栏、牛栏的楼上,取下了干净金黄的稻草,一捆一捆扛到朝门口来。也会有人拿了柴刀,到村后的山岭上去砍小臂粗细的杉木棒,截取三四尺长,削去树皮,白白亮亮,长短粗细大致相仿,叫龙灯棒,捆成一捆扛到朝门口来。有了这两样材料,一条气势不凡的龙灯,在众人齐心协力的巧手下,就能轻易地扎出来。

扎龙灯,技术含量最高的当属扎龙头。那时村中会扎龙头的中老年人很多,我的父亲也深谙此道。龙头分两种,一种叫宝珠龙,一种叫瓜勺龙。扎宝珠龙时,众人先用梳理干净的稻草,扎出一个个蒜头状的长秆宝珠,宝珠大的如拳,小的如新母鸡下的蛋,各有类别,各有所用。而后,将二三十个这样的稻草宝珠组合绑扎,渐渐就有了形制,龙首、龙角、龙眼、龙耳、龙嘴、龙舌、龙须……应有尽有,活灵活现,看起来威猛又漂亮,气势不凡。扎瓜勺龙,也要先扎一些宝珠,只是宝珠的数量少了,而且龙的上下两颚,全由稻草编扎成了大瓜勺状,嘴巴张得老宽。比较而言,宝珠龙更好看,做工精细,更为人所喜爱。龙头一旦扎成，自龙头后延出一条宽厚结实的长辫，每隔五六尺，在辫子上方绑扎一节结实的柱状稻草，大小长短如量米的大竹筒，这样一个龙节，叫一稿，龙节的数量可以任意往后增加。多数年份，我们村里为主的这条大龙，连同龙头，是九稿龙灯。而后在龙头和龙节的下面，插上白亮的龙灯棒，绑扎紧实，一条金黄簇新的秆龙灯就扎好了。几个人试着舞动起来，长长的秆龙灯摇头摆尾，翻腾游动，立时就生动了，仿佛注入了灵气。

扎龙灯的时候，朝门口围观的人会越来越多，有的小孩子也拿稻草扎制自个儿玩耍的秆龙灯，在大人们的帮助下，他们的愿望能轻易实现。这些简易的稻草龙，或两稿，或三稿，或一稿，有的一稿龙灯就一个简陋的光龙头，或一个龙节，大小不一，看起来很搞笑。村人统称这些小孩子玩家家的稻草龙为狗婆龙。诸多的狗婆龙，被孩子们当作宝贝拿回家，是乡间春节里特有的玩具，无论白天黑夜，他们有时也在自己的狗婆龙上插上几支点燃的香火，摇一摇，舞一舞，学着大人舞龙灯的样子，一如龙子龙孙，玩得十分开心。

从正月初二起，舞龙灯就成了村庄一项不可或缺的重大活动，家家户户都参与其中，热情洋溢。

每天午后，村中就会自发地有一群人，大人、少年和儿童，从朝门口的盘龙处，举起这条长龙，敲锣打鼓，在石板巷子里游走，挨家挨户收香。为首的人，提一只装香的大菜篮走在前面。络绎的龙灯队伍吸引着沿途更多的人加入，更加热闹壮观了。

收香收香,银子摆庄。

扯蜡烛,起花屋。

摸香摸得快,买田买过界。

摸香摸得慢,买田买一万……

龙灯每到一家,举龙头的人必定在其厅屋或灶屋里点点龙头,算是拜年。这些收香时说的顺口溜,也会在龙灯队伍里不约而同地喊出来,声音又整齐又急促又响亮,分明带着几分嘶吼,几分兴奋,几分敦促。那屋里的主人,笑容满面,说些吉祥话,把早已预备好的香或蜡烛,递给收香人。龙灯继续到下一家拜年收香,喧闹与欢乐也在每一个家庭之间不断地传递。若是遇着有喜事的人家,比如新娶了媳妇,或新女婿上门拜年,或者新生了孩子,龙灯自然要贺喜一番,而这人家也必定会回馈更多的香,有的甚至会封上一个红包。

待到天色已黑,整个村庄已收了一轮香,此时,不少人家已吃过了晚饭。龙灯回到朝门口,一字摆开。场地上人影攒动,众声喧哗。大篮子的香被人大把大把地点燃,映着红红的火光和烟尘,许多人在分发燃得通红的香火。众人将这些香火,一支一支插满龙头、龙辫、龙节、龙尾,顿时,一条浑身布满火红光点的香火龙,在黑夜的映衬下璀璨明丽,神采奕奕。

锣鼓开道,喇叭劲吹,香火龙举了起来,人们纷纷跟随,在村中的每一条巷子,每一个角落,进行游荡,俗称扫宅。据说香火龙扫宅,妖魔鬼怪和瘟疫都要退避三舍，能保村庄安宁、六畜兴旺。每一户人家，都大门敞开，放鞭炮，点纸钱、香烛，迎接香火龙的到来。家主们往往会趁香火龙过身时，从龙身上拔下几支香火，插在自家大门口，或者猪栏、鸡舍，这些香成了辟邪的守护神。

当香火龙在村庄里扫宅一轮后，会再度回到朝门口，龙身上重新插上新燃的香火。喧闹的队伍再度启程，这次，红光灿烂的蜿蜒长龙一边舞动，一边向着村旁的禾场行进。在夜空底下，在宽阔的禾场上，一村之人围成大圈，将香火龙包围在中央，兴奋地观看舞龙灯。高举龙灯棒舞龙灯的人，都是年轻力壮的中青年男子，他们有着良好的经验和敏捷的身手，将一条火龙舞得花样百出，火星飞溅，如游，如惊……令人目不暇接，眼花缭乱。人群里不时发出阵阵喝彩声。

从头初一下午诞生，到元宵节倒灯之前，保佑一村平安的这条大龙，每天都要舞到深更半夜，才回归到朝门口的檐廊下，靠墙盘着。

在那个远去的淳朴年代，春节期间舞龙灯，成了故乡人人参与的重大活动，与耍狮子、看戏一道，共同构成了湘南乡村年俗娱乐的主流。

耍狮子

过年的这些日子,村前的朝门口常常聚集很多人,若是天气晴好,这里的人气比平常的日子更旺。这是一年中最空闲又愉快的时光,大家聚在一起站一站,或在长凳上坐一坐,道一声新年的祝福,谈些拜年的见闻,聊些天文地理、人间趣事,消磨着光阴。孩子们不时放几个零星的爆竹,或者用自制的铁管手枪朝天空打着玩儿,是春节里的特有娱乐。有时,经人提议,觉得过年的日子不妨热闹一点,就会有人搬出一套响器来,锣、鼓、铙、钹、唢呐,几个人

021

操起家伙，按着熟悉的旋律敲打吹奏起来，声音响亮，震撼人心，也将整个村庄顿时带进了高亢激越的喜庆氛围之中。

这样的日子里，有时在进村的石板路上，也行进着一列长长的队伍，敲着锣鼓，吹吹打打，走在前面的一个人右手高举着一个硕大的狮子头，一袭与狮头相连的又宽又长的泛白麻布绕过他的肩背，下端被他左手揽在腰间。我们远远地就知道，那是耍神狮子的外村人来了！

旧时故乡一带，尚武之风盛行，很多村庄都组建有舞狮队，在春节期间，相互往来，耍狮子，贺新年。耍狮子有两种，一是耍单狮子，再就是耍神狮子。耍单狮子，队伍人数少，通常六七人，以表演拳术刀棍等武功为主，响器只有小鼓和小锣，狮头小巧，是用纸糊的，漆了彩绘，狮布也短窄，仅供一人表演。耍神狮子，则队伍庞大，往往一二十人，乐器齐全，常常还是双唢呐，狮头是用樟木雕刻的，威武雄壮，狮布也宽大，表演时由两人蒙在狮布里面装扮狮子。耍神狮子，无论规模，还是表演的内容及仪式感，远远胜过耍单狮子，更加吸引人。

通常，临近春节，远近的舞狮队早早地就会派人到各村联络，走宗亲，访近邻，定下耍狮子的日程。至于他们的酬劳，或由承接的村庄以集体的名义封一个红包，或是舞狮队挨家挨户发拜年红帖，收点回帖钱。我们村是大村，又向来注重传统礼仪，对于各地的舞狮队，自然是来者不拒，也无须劳烦他们家家户户发红帖。若要完狮子已是中午,村里还要安排舞狮队到好客的人家吃饭,好酒好菜,当座上宾招待。因此,每当外来的舞狮队离我们村越来越近时,朝门口已然聚满了前来看热闹的人,那些村中为首的长老和干部,笑容可掬,手中拎着长长的鞭炮,预备迎接。

  故乡的风俗,狮子进村,须从朝门口进入,以示敬重。单狮子进村,乡人一挂长鞭炮迎进村庄,在曲折的石板巷子里穿行,一路引导着舞狮队前往几个古老的祖厅拜年,围观的大人孩子也越来越多,而后选定一处场所,或是禾场,或是宗祠,表演舞狮和武术。神狮子进朝门口,则可谓寸步难行,蜂拥围观的乡人会热情地堵住舞狮队,让他们唱段,只有唱了,才会让他们前进几步,随即又被拦住,然后又是唱段。如此反反复复,鼓乐齐鸣,场面异常热闹而欢快,人气火爆。在我童年的记忆里,耍神狮子最有趣的也就是唱段了,一个神狮队是否在乡村的大地上广受欢迎,很大程度取决于他们唱段的水平。

  唱段可谓耍神狮子的首个表演节目,唱词一般是七言四句为一段,都是吉祥话。一个神狮队,几乎所有的成员都会唱段,但会有一个为首的唱段人,中年男声,唱腔悦耳,声音洪亮。他每唱一句,锣、鼓、铙、钹跟着伴奏,简短有力,节奏明快;唱完一段,唢呐也加了进来,愈发动听了,且乐曲悠长。人们听得如痴如醉,笑容荡漾。我至今仍然清晰记得一些唱段,每每哼唱起来,恍然又如回到了往日的欢乐时光。

023

  笙箫锣鼓响叮当,
  远远望见好明堂。
  前面来龙三千里,
  哎,后面坐龙九渡江。

  九渡江来九渡江,
  九渡江上造牌坊。
  牌坊上面写大字,
  哎,魁星点斗状元郎。
  ……

  这是神狮子初入村前朝门口的唱段,对一个村庄的龙脉和人才,寄予了美好的赞誉和祝愿。类似的唱段还有很多,真可谓移步换景,各有不同,内容十分丰富。大致而言,耍神狮子的唱段,主要集中在进朝门、拜祖厅、进宗祠时进行。当一个神狮队,在故乡人的热情引领和推搡阻拦下,热热闹闹在村庄里走上一遭,最终抵达表演场所,不唱上一二十段,没有一两个小时,肯定下不来,这可谓一场全村民众一齐参与的盛典。

  故乡规模宏大的古老宗祠,曾是耍狮子的好场所。宗祠里搭建有木板戏台,春节里演古装戏就是在这里,有时耍狮子的来了,恰好没演戏,就登台舞狮,更是便于观看。

024

  周边各村的神狮队,尽管各师各教,表演的内容却大致相同。双人舞动的神狮子在台上蹦跳变化各种故事时,同舞的还有另一个动作灵巧之人,戴着一张木头面具,扮作土地神,肩扛一根长长的武术棍,右手执一根带长流苏的小圆棍,我们叫悬帚(方言读音)。土地神与狮子,载歌载舞,在器乐声中,演绎着种种生动的故事。那在狮布里跳跃翻滚的两人,也随着故事的进展而变化着狮子的外形,或是仙人下棋,或是鳊鱼上滩,或是金猴上树,据说全部演绎下来,能变化出二十四套故事。不过最让人难忘的故事,是十月怀胎。这时候,神狮子怀孕了,安静地坐在戏台中央,肚子越来越大,土地神不时摸摸神狮的肚子,做出各种夸张的动作,或喜,或忧。土地神开始不停地唱,从一月怀胎唱到胎儿呱呱出生,唱出了一位母亲怀孕十月的酸甜苦辣,令人动容。每每这时,观看者中多有扯衣拭泪之人,而尤以妇女为甚。

  狮子变化故事结束后,接下来就是表演武术,打拳、舞棍、舞大刀、舞双刀、耍长枪、舞钉耙,甚至舞长凳,十八般武艺,各显威风。这些先后登场表演的庄户人,尽管多数没什么文化,但都深谙礼仪,出场之时,收尾之处,都会面向观众抱拳作揖,以示谦卑与敬重。自然,他们的表演,无论精彩与否,也会收获无数掌声和叫好的欢呼声。

  武术表演里最惊险的,我以为是高空翻跟斗倒立,俗称栽树。场地的中央,先是摆放着一张结实的八仙桌,两个身手矫健的年轻人,一个轻捷的跟斗翻到桌上,摘下各自长长的红腰带,将一张张预备好的八仙桌拉上去,一层层叠放着。八仙桌越叠越高,耸立高空,那两个胆气非凡的年轻人,最后就在最顶端的一张桌面上,表演着倒立,并做出各种惊险的动作,看得人心惊胆战,无不为他们的安危担心。

在我童年和少年时代,故乡也有舞狮队,师傅是隆仁老师,他与我还是同住一个大厅屋的邻居。隆仁叔那时是小学老师,一直在本乡的各乡村学校教书。他先是收徒教授单狮子表演和武术,后来在此基础上又扩充人员,组建了神狮子队。那时,隆仁叔算是地方上的名人,每年春节,他带领的舞狮队经常去远近的村庄巡回表演。

故乡的舞狮队,早期的许多成员都还是未婚的少年和青年,四德、祥福、鼎甲、民利、德福、举德……他们仅仅比我大几岁,常日里我们有时还玩耍在一起。他们当中,四德最让人看好,他身材瘦小,十分机灵,又肯吃苦。

四德耍起狮子来,蹦跳翻滚,神形具备,活灵活现。他在十一张八仙桌叠起的高空表演倒立栽树的情景,想起来,至今我仍为他捏把汗。但,也让我心生钦佩!

看戏

  大约是因为一条沿袭久远的规矩，村边黄氏宗祠的正大门索性从门后封死了，紧挨着高大的门和砖墙，用木架、木板搭建了那个我童年时代所见的高大戏台。

  在故乡，最雄伟高大的古建筑，非黄氏宗祠莫属。这栋建于清代的古宗祠，青砖黑瓦，木柱挺立，雕梁画栋。祠内呈台地式布局，共有两个天井，前中后三个厅，尤以中厅最宽敞，一直以来，村里人家有红白两喜的大酒席，通常就摆放在中厅，能容纳几十桌。古宗祠坐西朝东,两侧各有两道侧门,正面的三道门中,正中的大门最高大,俗称正大门。据说祖上传下规矩,正大门只有在村中出了大人物,才能开启。在我童年里,父亲就多次说过,这个正大门上一次开启,还是民国年间黄璧回家葬父之时,他是靠着勤学从村中走出去的留洋生,归国后多在军中兵器部门任职,颇受器重,是十里八乡公认的大角色。他阔别故乡多年后归来,村里人特地打开尘封多年的宗祠正大门,举行仪式迎接他。只是日后黄璧将军在巩县兵工厂厂长任上客死异乡,正值壮年,常令村人痛惜不已。从那以后,古宗祠的正大门就一直紧闭着。再后来,又或许是村里人觉得,在可预见的若干年内,这个正大门都无望再度开启,索性就在门后搭了一个木板戏台,供每年春节期间演戏。

小时候,每年过了大年初一,村里就会有戏班子来演古装戏。对于村里人而言,这是一年中难得的一段闲暇日子,也是邀请至亲远客来看戏做客的好时机。这些天,村里人家的客人多了起来,我的小脚外婆也总会从隔壁桂阳县的一个偏僻小村,颤颤巍巍走十几里山路,被母亲接过来。

村里演戏的这段日子,这些来自外村外乡的戏班子自然成了全村的贵客,村里的四个生产队会轮着安排他们的一日三餐。被选中做饭的人家,必定要客情好,子女有教养,饭菜又可口,并且生产队会适当给予钱粮补贴。曾有一年春节,一个来自远地耒阳的戏班子,在我家吃了几天饭。

每天上午演戏前,我就会从家里背了长凳,到宗祠里去占位置,村中小孩大多热衷于此。凳子摆放在中厅,前面就是一个宽大的天井,隔着天井正对着戏台。中厅地面铺了青色小方砖,离天井有半个人的高差,

028

青石条砌的沿壁。自然，靠天井边缘的位置是最好的，早早地就被各家的长凳一条接一条占住了。来迟了的长凳，紧挨着往后面排，黑压压的一大片。这会儿，宗祠的每道侧门都敞开着，周边远远近近村庄的人，也络绎不绝地赶来，宗祠里的人越来越多，说笑的，打招呼的，声音嘈杂。

在村里人家吃过早饭的戏班子来了，男男女女，老老少少，他们从戏台旁的宽板楼梯走上去。那木板戏台前面的两侧，各有一根一人难以围抱的木柱，矗立着直抵前厅的屋梁，那宽大的幕布就悬挂在两柱之间的绳索上。幕布后响起了乐器声，打钹子的，打铜锣的，打鼓的，拉二胡的，吹喇叭的，一时热闹起来。这热闹的响器声，盖过了宗祠里的嘈杂人声，越过高高的砖墙和瓦顶，远远地传出宗祠，催促着那些还在路上的村里村外的人加快脚步。

在漫长的等待中，戏台的大幕布终于拉开了。那后面不远处，还有一块小幕布，那些响器声，那些穿着古装、扮了面相的戏中人物，就是来自那小幕布的后面。我那时还看不懂台上是演些什么戏，咿咿呀呀的，有时一个妇人出来，一唱就老半天，坐在椅子上，总也不走。偶尔听我母亲说，大官骑马出场了，可也不见马，那个背上插了很多三角令旗的人，只是手中拿了一根带流苏的短棍子，抬手蹬腿，做出架势，很威风的样子，接着也是咿咿呀呀地唱，没完没了，有时还把脸上挂着的那一尺多长的黑胡子，双手捋上半天。我那时常暗自思忖，脸上怎么会长这么长的胡子呢？许久，又是一群拿刀、拿红缨枪的唱戏人，从小幕布后面吆喝着冲了出来，在戏台上转圈，翻跟斗，打来打去……这样看久了,我就觉得很无趣,还不如在人群中,在天井坪里,在戏台旁边,跟村里的同伴追来追去玩耍笑闹有味道。

我那时喜欢看唱得惨戚戚的场面,每每这样的时刻,我和小伙伴们就尤为兴奋。此时,那台上的唱戏人,不管男的,还是女的,唱着唱着,就扑通一下跪在戏台前,面朝台下,已分明是在乞讨,在撕心裂肺地痛哭。这悲情的一幕,顷刻就击中了台下看戏人的心,我的母亲和很多妇人,就会扯了衣襟拭泪。这时也立马就有很多观众,纷纷掏出一分两分的硬币,远远地往戏台上扔,扔到那唱戏人面前的碗边。这是一场戏的高潮处,唱戏的和看戏的,相互感染着,群情激动,场面热烈。有时,雪白的硬币像雨点般朝戏台上飞去,不少钱币没能扔上去,掉在了戏台下,我们就一窝蜂争抢去捡,好不开心,捡到了,就高兴地装进自己的口袋。不过,旁边的大人们看到我们捡到钱币,也常会严肃地要我们重新扔上戏台去,因为这钱既是乡人对演技精湛的唱戏人的打赏,也寄予了他们对戏中人物命运的深深怜悯。

我记得,有一年是演《铡美案》,秦香莲带着一双儿女,跪在戏台边哭唱。那个小女孩好忧伤,也很美丽,我竟暗暗对她有了怜惜和喜欢。有一刻,她从台上投来一眼,我感觉她是看到我了,我一惊,赶紧从台下闹哄哄捡钱的人堆里跑开了,一直跑到宗祠外,还心跳怦然。

我曾暗暗希望,要是这个美丽忧伤的女孩能到我家来吃饭就好了。要是我能知道她叫什么名字,是哪个村庄的人就好了。要是她以后还能来我们村子演戏就好了……可惜从那以后,我再也没有见过她。

闹元宵

春节期间的湘南乡村，爆竹声声，亲情浓浓，这走亲访友、迎来送往的过年日子真是流光飞逝，何其快也！而况二十世纪七八十年代的故乡，舞龙灯、耍狮子、演古戏的乡村娱乐还十分盛行，乡人在这难得清闲的日子里，暂且可以将生计上的事放一放，于酒足饭饱之余，参与或观赏这些节庆活动，日子就过得愈发快乐而不觉了。对于孩子们来说，每日有吃有玩，又少了挨打挨骂，何等痛快，巴不得一年四季天天过年才好！

031

不过有时候,人们的心头也会猛地一惊,啊!元宵节又在眼前了,这年都快过完了!

元宵节起于何时?这对于普通百姓来说无关紧要,也少有人探究。乡人只知道,元宵节预示着春节的结束,预示着原本丰盛的油糍粑、兰花根、套环、花片、油豆腐、油炸肉、油炸鱼、圆子、饼干、糖果、花生、瓜子等年货已所剩无几,预示着舞龙灯、耍狮子、看戏等的煞尾,更预示着即将迎来繁忙的春耕备耕,学生也快要开学了,生活将复归于寻常。

旧时的故乡,元宵节也是迎接女子回娘家团聚的节日。小时候,我的舅舅有时在元宵节这天会来我们家,接我的母亲去过节。母亲换上干净衣裳,开开心心地提着几封草纸包裹的片糖,带着我,走十几里山路,去舅舅家住上两三天,还要走访那边的亲属和旧交,叙旧长谈,情意切切。

不过在我童年的记忆中,元宵节最令人难忘的,还是夜里的龙灯倒灯。村人常说,"龙要归大海"。一年一度的稻草香火龙,正月初一诞生,要在元宵节当晚的子时前,到村前的江桥上倒灯,让它顺着江流,回归大海,并将这村庄的一切厄运、晦气和邪祟都一并带走,保佑乡村安宁,乡人吉祥。

这是一个令人激动的节日。这一天,家家户户都早早就备办好了纸、香、蜡烛和鞭炮,等待着夜晚的来临,最后一次在家门口迎接龙灯,祈佑平安。而整个春节以来,村里龙灯每天扫宅收香所积余下来的香烛,几筐几担都归集到了一起,甚至龙灯贺新年所得的钱款,也都买了香烛和鞭炮,这一切,将全部用于晚上这场举村欢腾、人人参与的重大节庆。

元宵节这天,村里还曾有一项流传久远的习俗,就是洗抬枪。抬枪是乡间自制的一种古老火器,枪管粗大又长,一次要装填一两斤火药,威力强大,声音响亮,需两人一前一后抬着,另一人点火,才能发射。历史上,湘南山村有造抬枪自卫的传统,我的家乡自然也不例外。只是抬枪一般不轻易使用,常年收藏,难免生锈。元宵节晚上打抬枪,既可检验抬枪的性能,也能增添节庆的热闹气氛,俗称洗抬枪。

当夜色降临,圆月初上,村前的朝门口响起了高亢的锣鼓喇叭之声,吃过晚饭的人们,纷纷赶来。月光底下,群山轮廓分明,田野广阔,青砖黑瓦的村庄已然浸淫在闹元宵的欢乐氛围里。长长的稻草龙,又浑身插满了香火,红光璀璨。与往日有别的是,这次高举香火龙扫宅的都是舞龙灯的好手。香火龙的前后两端,还各有一名年轻力壮者举着摇钱树,摇钱树是下午刚从山上砍来的,从前是用楠树,大小适中,密集的绿叶上倒挂满了点燃的香火,略一摇动,无数红亮的香火头在树叶间闪烁,宛如繁星,煞是好看。

元宵之夜的龙灯扫宅,队伍更长,比往日更热闹。昔日村里的四个房族,都各有一套响器,这会儿全派上用场了。当蜿蜒的香火龙从朝门口进入村庄的石板巷子,一时铙钹锣鼓齐奏,喇叭劲吹,整个村庄和大地都为之震撼,响彻天宇。巷子里,各家的门口都点燃了香火与红烛,人群跟随着龙灯,将石板巷子塞得满满当当。香火龙缓缓前行,挨家挨户扫宅,送去吉祥,带走邪气,接龙的鞭炮声此起彼伏,连续不断,巷子里硝烟弥漫,各种说话声,吆喝声,笑闹声,全都淹没在响器和鞭炮的喧嚣里。龙灯缓缓前行,家家户户趁机都要从龙身上拔几支香火,插在自家的门户上。而龙灯队伍里管香火的人,也会每隔些时候,又点燃几大把新的香火,补插在龙身上。由是在缓缓而行的扫宅游行中,蜿蜒灵动的香火龙始终红光闪闪,熠熠生辉。

全村挨家挨户扫宅完毕,香火龙最后一次回到村前的朝门口。这时,村前石板路的两旁全部插满了点燃的红烛,村人叫作放河灯。红红的烛火倒映在石板路两边的水圳、池塘和水田,蜿蜒曲折,一直通往村前江流上游的石桥,美轮美奂,在圆圆的皎月下,简直是一个神话世界。

在高亢的鼓乐声中,香火龙在朝门口舞动起来了,或转圈,或舞东南西北四门,或窜花,或盘龙……尽管都是乡人熟悉的传统套路,依然精彩纷呈,百看不厌。

皎月高悬,子时已到。香火龙辞别朝门口,在摇摆舞动中,沿着香火与烛火夹道的石板路,向着江边蜿蜒而去。一村人都依依不舍地跟随着,给龙灯送行。快到江岸时,龙灯掉转身,头朝村庄,尾向江流,一边舞动,一边慢慢后退,一直退到石桥上。长长的香火龙在石桥上舞着,舞着,仿佛带着万千留恋。突然,舞龙的队伍一齐爆发出一声震耳的高喊:"噢吼!"随即反手一甩,将整条香火龙抛向桥下的江流。热烈的锣鼓之声,也戛然而止。

村里的习俗,龙灯倒灯后,不能往回看,只能朝前走。人们慢慢行进在回村的石板路上,心潮起伏,脚步杂沓,路旁烛火依稀,天上一轮皎洁的圆月高悬,村庄和大地陡然归于宁静。

祈雷

村前的江流静静地流淌，江水碧绿而澄澈。元宵节过后的许多日子，我们每从上游的石桥上走过，总能看到，那不远处的江湾，停泊着元宵香火龙倒灯时扔下去的那条长长的稻草龙。这会儿，这条被江水浸泡透的稻草龙，连同横七竖八的龙灯棒，蜷曲成黄黄的一大堆，半沉半浮，与江畔的水杨柳、刺泡藤、野竹子纠缠着，为回水湾所阻止，还无法被浅浅的江水一路顺畅地冲走。它在静待时日，等待春雷的炸响，等待雨水和山洪的到来。

035

对于乡人来说,漫长的冬季和春节业已过去,雷声久违了。此时,春耕备耕在即,稻田需要雨水的浸泡。勤劳的人们,在心头盼望着第一声春雷,并预计那个震天动地的时刻。春雷响了,万物苏醒,雨水发源,泉水喷涌,山溪满了,水圳满了,池塘满了,江流满了,乡村大地又将绿草如茵,百花盛开,生机勃勃。驱牛犁田,杀叶积肥,挖土播种……各种农事得以依照农时准确运行。难怪乡谚说,春雨贵如油。春雷对于农耕的村庄是如此重要,以至于故乡长久以来,一直保持着过雷公节的风俗。

正月二十五,是雷公节,俗称祈雷节,也叫出雷节。想必是此日的前后,春雷就会"轰隆隆"突然间在村庄的上空炸响。故乡的习俗,祈雷节这天,不能进园子摘青菜,更不能给园土里的菜蔬浇大淤小淤,因为大淤小淤毕竟是污秽之物,在这样一个迎接雷神降临的特别日子,那是对雷公爷的不敬。据说若是这天用粪水浇菜,菜叶都会发黑发蔫,如同被雷打火烧过一样。这天,家家户户都会做一种特别的食物——油菜甘沫以敬雷公。在我们的方言里,甘沫就是稀饭。不过,这道油菜甘沫,做法却颇为特别。

做油菜甘沫,需先量米并炒至焦黄,再到碓屋的石臼里略为捣碎,之后,架上大铁锅,添满水,大火熬煮。这个时候,家里若还有过年所剩的兰花根、套环、油炸肉、油炸鱼等年货,也弄碎了,一并放入锅中。有的人家,还会浸米捣粉,和浆揉团,做成一粒粒状如算盘子的米粑,白白亮亮,中间用拇指和食指捏成肚脐眼般的浅窝,叫肚脐眼饺粑，与油菜甘沫一同煮熟。这样的一大锅，黏糊糊，香喷喷，盐味适中，是迎接雷公爷的供品，也是当天各家的主食。

童年里，乡人在言谈中每说到雷公，无不充满了敬畏。在这样一个迎接雷公的节日，母亲常告诫我，雷公爷爷是惩恶扬善的神仙，任何人做了坏事，雷公都看得见。雷公打炸雷的时候，会劈妖魔鬼怪，也会劈坏人，劈丧尽天良的人。因此，一个人从小就要学好，不做伤天害理的事。母亲还说，雷公不打吃饭人，是因为饭是农民辛辛苦苦得来的粮食，不能糟蹋。她甚至多次讲到一个古老的故事，说是一个恶人，做了太多的恶事，某天打雷下雨的时候，雷公原本是要劈了他。这人跑到田野中的凉亭里躲避雷雨，但耀火（方言，意为闪电）屡屡在空中显现他的名字。他吓坏了，一同躲雨的人也催他走出凉亭。他战战兢兢走出来，此时，田埂两旁倒伏着成熟的稻子，他突然良心发现，小心翼翼地将倒伏的稻子一一扶起，才敢移步前行，没有糟蹋一粒稻谷。雷公见他已有改过向善之心，就收了震怒，饶了他的性命。

此外，关于打雷时要注意的事项，母亲也曾讲过不少。比方说，不能躲在大树下，也不要躲在凉亭里，要赶紧跑到家里来，关好门窗。母亲尤其再三向我叮嘱，打雷闪耀火时，千万不能伸舌头做出舔耀火的样子，只有蛇成精了，妖怪成精了，才张嘴吐舌吞耀火，要遭雷打雷劈的。

春天的脸色忽阴忽晴，忽冷忽热，说变就变。某一个阴沉的日间，或漆黑的夜里，第一声春雷如期来临。先是轰隆一声，让人心头一震，正疑惑间,又是一声轰鸣。雷霆滚过,仿佛在天边,在山顶,在云间,在屋瓦之上,忽远忽近,忽高忽低,大地震动,房屋震动,人心震动。不久,雷声隆隆,电光闪闪,像怒吼,像咆哮,像千军万马在村庄上空驰过。紧接着,雨水哗哗而下,风雨大作,瓦檐泻瀑,有时甚至整夜不停。雷公节之后,雷雨交加的天气也就越来越频繁。

雷雨过后的春日早晨,村里的石板巷子,村前的石板路,被雨水洗刷得干干净净。水田明净,山色空蒙。山溪,水圳,田间,到处水流漫溢,水声潺潺。而两岸碧叶高树的江上,洪水上涨,水流湍急,已有披蓑戴笠伸着长篙捞网的人,在岸边走走停停,捞着鱼虾。江岸如茵的碧草丛中,依附着一丛丛的雷公菌,黛绿柔软,无比光洁,我们常拾进竹篮,这是乡间的时新野菜。

当我们再次走过江上的石桥,蓦然发现,那江湾处停泊多时的稻草龙,已经消失得无影无踪,徒有滚滚激流打着漩涡在那里涌动。

祈鸟

暖花开的日子，蛙鸣虫吟，鸟儿似乎一下也多了起来。田间山野，村檐江树，随处都是各种鸟儿飞飞落落，百般鸣叫，充满了无限生机。

在我童年的故乡，单是叫得出名儿的鸟类就不少，麻雀、燕子、喜鹊、乌鸦、老鹰、翠鸟、白鹭、董鸡、猫头鹰、野鸡、布谷……随便哪个人，张口就能报出一大串。至于山岭间没有名字，或者有方言名称却难以用文字准确表达的鸟儿，种类则更多，它们大小不一，毛

色各异，叫声不同。我们无论走进哪一片山野林间，但闻众鸟鸣啭，声音多样，很难分辨哪种声音是哪类鸟儿叫出来的。那个时候，村旁古树众多，古樟、古椆、古槐、古柏、古枫，无不繁荫阔大，高耸云天。江边塘岸，溪圳两旁，垂柳、高杨、梧桐、苦楝、桃树、李树，乃至种种灌木、野竹和荆棘，生长茂盛。周边的山林，满目是浓郁的苍翠。这样的环境，自然成了鸟类的天堂。

长久以来，这些寻常的鸟儿，与农人在同一片天地间生存，繁衍生息，享受着天道自然赋予它们的生命时光。有的鸟儿，甚至已深深融入民俗文化，影响着故乡人们的喜好和禁忌。

在故乡，燕子和喜鹊便是吉祥的象征。

燕子属候鸟，冬去春来，谁家若是有双飞双宿的燕子筑窝，那是令人高兴的事。童年里，我家居住的那栋青砖黑瓦的老厅屋，每年春天都有几对燕子筑窝，从天井飞进飞出。那时厅屋里一共住了五户人家，人气旺，孩子多，我们屡被父母祖辈告诫，不能拿竹竿捅燕子窝，更不能爬楼梯掏那些刚出生的黄口小燕。与燕子相处的日子，厅屋十分热闹。燕子起得早，又勤快，不管天晴下雨，衔泥筑巢，啄虫喂雏，每日进进出出忙个不停。它们的这种品性，如同那个时代的农人，难怪人们那么喜欢它们。燕子又十分爱叫，叫声婉转，清亮悦耳，我们常仰头对着它们学："叽里呱啦叽里呱啦，吱！叽里呱啦叽里呱啦，吱！"

我家屋旁不远处那棵参天古枫，则常年住着一大群喜鹊，巨大的的喜鹊窝在树顶的大枝丫间，像个黑色的大箩筐。喜鹊也是早起的鸟儿，天蒙蒙亮，那古枫上的叫声就像开了锅，许多日子，我就是被那喜鹊叫声吵醒的。喜鹊尾巴修长，飞动时，黑色的翅膀下现出白而圆的大斑点，很是漂亮。它们爱成群出动，一齐出巢或暮归时，那翩翩而飞的身影，就如同一条空中划过的黑色河流。那时，村里有一个无人不知的谜语，谜底是竹筒水勺，谜面就是以喜鹊设喻："喜鹊尾巴长又长，日间洗澡，夜里歇凉。"每年七夕，村人无不谈论着喜鹊，据说它们当天会飞上天河，去给牛郎织女搭建天桥，无数次曾让我们在夜里仰头望着那灿烂天河，生出无限遐想。

有一种鸟，俗名玉茨鸟（方言读音），黑背白腹，长尾高翘，看起来形态健美。只是这种鸟常在茅厕（方言又叫玉茨）和猪栏的檐头起落，叫声类似"雨嘀嘀，雨嘀嘀"。每当它们频繁叫起，据说十有八九就会下雨了，因此被乡人当作了能预报天气的鸟儿。另有一种鸟鸣，据说能判别生男生女，当它发出的叫声是"嚯咯嚯咯，夸"，意味着生女孩；而当叫声变成了"嚯咯嚯咯，吱"，则是生男孩。故村中有妇女怀孕，快要生产时，村后古樟上的这种鸟鸣，常会引起众多女人的关注和猜测。

叫声令人警惕和害怕的，则有乌鸦和猫头鹰。乌鸦叫如嘶喊，声音又大又急促，"哇，哇"，村庄的上空每响起这不祥的叫声，人们的心头就会犯嘀咕，生怕有什么不好的事情发生。猫头鹰则深藏在古树的洞穴，白天少有露面。它在深夜里的恐怖叫声，"挖祸，挖祸，挖祸",令人毛骨悚然。据说这种叫声频繁,则预示着村里不久就会有人死去。

除了这些让人爱憎分明的鸟儿之外,别的鸟不会在人们的心中产生太大的波澜,在日常生活里,它们就像我们司空见惯的寻常邻居:野鸡拖着长长的尾巴,突然从山窝扑棱棱飞过;老鹰在山顶之上高高飞旋,有时会以迅雷不及掩耳之势,猛然俯冲地面,抓起一只鸡就腾空而起,飞得无影无踪;布谷在林间声声叫唤,催促播种,只闻其声,难见其形;翠鸟自柳叶间射向江面,啄了一条小鱼儿,疾速飞去;白鹭在田野上悠闲地飞翔,时起时落;高脚的董鸡隐藏在禾苗深深的稻田,不时发出几声"董,董,董"的叫唤……

原野间,村庄里,数量最多的鸟儿,自然要算麻雀。它们成群结队,数量无穷。尤其在稻谷黄熟时节,它们铺天盖地在田野上空翻翔,犹如一片片黑压压的大乌云。这乌云常常像妖风一样,忽然而来,忽然而去。许多时候,它们一齐扑入金黄的稻田,尽情啄食的情景,让农人看了,好不心痛,却也无奈。农人顶多扎几个稻草人,再为其戴上破草帽,挂一把破蒲扇,插在田间装模作样,吓唬吓唬这些捣蛋的精灵。

千百年来,鸟类与农人和谐相处,一同构成了这世间的生动景象。人们甚至为了寻求与鸟儿的妥协,创造了一个特别的节日。在故乡,每年的二月初一,是祈鸟节,俗称二月祈。此时,天气乍暖还寒,稻田尚未播种,园土也尚未栽种夏收作物,刚刚从寒冬里恢复活力的鸟儿，食物尚不丰富。这一天，家家户户都会磨米浆，蒸一种七层或九层的碱水饺粑，因掺了黄栀子水，蒸熟后黄黄的，大如铜锣，有差不多两个指节厚，十分漂亮。人们会特地切下一大块，分成拇指大的小坨，而后扦在小竹枝上，用竹篮提着，一枝枝插在田埂边，插在园土里。插时，轻轻祈祷念叨："鸟公，鸟婆，不要啄我的菜，不要啄我的禾，来吃我的饺粑坨。"

童年和少年时代，我曾多次跟随母亲在空旷的田园插饺粑坨，请鸟儿们享用。不远处，众鸟时飞时落，体态轻盈，叫声清脆，一如我们过节一般，看起来十分开心。

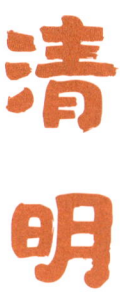

清明

过了惊蛰,时有雷声,湘南进入了多雨的时节,常常淅淅沥沥整日下个不停,一连下个十天半月,那是稀松寻常,有时甚至个把月也难得见一次晴天。多雨的湘南,草木葱茏,百花盛开,山雾缭绕,江溪水涨。笋子、蕨菜、荠菜、茶耳、茶泡、清明草……这些大自然的馈赠,也在春雨春风里竞相滋长。

这仲春时节,也迎来了两个令人伤怀的日子——春社和清明。在故乡,给先人扫墓,俗称挂坟,分为两个时段,一是春社,一是清明。

044

按照农历,春社在立春后的第五个戊日,当天,有亲人去世不满三年的人家,会上坟祭扫,就是所谓挂新坟,也叫挂社坟。故乡的风俗,连续三年的春社扫墓,亡人已出嫁的女儿只在头一年和第三年参与。第三年的春社祭扫叫圆坟,从此这坟墓称作老坟,可以刻石立碑,以后不再春社祭扫。清明扫墓,则无新坟老坟之别。亦因此,有新坟的人家,头三年会在春社和清明先后两次祭扫亡亲。

清明节挂坟,在故乡也颇有禁忌。乡谚说:"前挂三日哈哈笑,后挂三日变鬼叫。"为了以示对先人的敬重,一般人家都会赶在清明节那天之前祭扫,极少有清明节之后才扫墓的。在乡人看来,只有那些无后失察的坟墓,才会被积善之人于清明节后挂一张草纸,以安抚野鬼孤魂。

在这个特别的节日,敬重先人,除了内心的恭敬与虔诚,自然也有祭品上的精心准备。旧时故乡的习俗,扫墓的祭品除了纸钱、香火和鞭炮外,还须有三牲,通常是一块刀头肉、一条鱼、一只鸡蛋。在生产队时期,每年清明节前,村里就会杀猪干塘,分肉分鱼。

那几天,村庄周边的山岭,不时响起一阵阵急促的鞭炮声。山路上,随处都能遇上来来往往的扫墓之人,他们有的肩扛镰刮(方言,一种长木柄的铁板锄),有的手拿镰刀,有的提着竹篮,篮子里放有半瓶红薯烧酒,数叠打了钱凿印的纸钱,一把香,一封短挂子鞭炮,以及用一只大碗装着的三牲祭品。若是下雨,人们无不披蓑戴笠,脚下沾满了泥泞。

045

自儿时起,每年清明节,父亲都会带着我给爷爷奶奶扫墓。爷爷在族谱上的名字叫黄廷熏,他去世时,我的父亲还未出生(我的父亲是遗腹子)。奶奶叫李聪婷,在我父亲十多岁时也去世了。他们两人各葬一处,隔得很远,奶奶葬在我们村后的山边,爷爷则葬在三四里外一个名叫山头冲的村旁山坡。因家境贫寒,几十年来,爷爷奶奶的坟前都没有墓碑。每年清明,我们会在选定的一个日子,于当天上午先去给爷爷挂坟,回头再祭扫奶奶。祭品自然是母亲仔细备办好的:刀头肉切成方正,半个手掌大,已经过水煮熟;鱼是三四指宽的小鲤鱼,已油炸过了;唯独鸡蛋是生的。

清明时节的山路两旁,茂密的油茶树上,时常会发现一丛丛的茶耳,有的粉红,有的雪白,肉质厚厚的,形状如叶似耳。粉红的茶耳苦涩,还需过段时间才能变白变甜。从旁经过时,我总会挑选一些大的茶耳摘了吃,又甜又脆嫩。有时,甚至还能摘到小白球状的茶泡。这两样山野间的时令之物,是那时故乡孩子的美味珍馐。吸引我眼光的,还有路旁的野竹笋,一路走,一路扯,很快就能扯上几大把,放入父亲提着祭品的竹篮中。

爷爷的坟墓在一丛墓冢之中,众多的老坟依着山势有好几排。我们到达时,有的坟墓已经修葺祭扫过了,有的坟头还茅草青青,甚至长满了野竹、荆棘和灌木。父亲要凭记忆仔细寻找,甚至顺带问一下正在旁边挂坟的人,才能找准爷爷的坟墓。放下竹篮,父亲摆开架势,拿镰刀砍割坟头的草木,用镰刮刨修坟墓周边的泥土和水沟,将坟墓修葺得规整一些，堆积得高一些。之后，他会走进旁边的油茶树林，砍来三根修长的枝条，剔去枝叶，呈三菱锥状插于坟头中央，顶端用茅草束于一处，并绑扎一张纸钱。诸事妥当，父亲方才端出那只装了祭品的大碗，置于爷爷的坟头，浇上酒，焚香化纸，叩首鞠躬。这时候，我会遵照父亲的叮嘱，跪在坟旁，向爷爷磕三次头。末了，父亲点燃一挂短挂子鞭炮扔在坟上，我则捂着耳朵站于一旁。噼噼啪啪的响声过后，蓝蓝的硝烟腾起，坟头溅满了鞭炮的碎屑。收拾祭品后，父亲扛上镰刮，提着竹篮，我们沿途返回，到我们村后的山边，给奶奶扫墓。

给爷爷奶奶扫墓回来，将近中午，母亲接过祭品，恭敬地端到厅屋的神台前敬神后，开始做饭煮菜。中午的饭菜无疑是丰盛的，笋子炒肉、腌辣椒炒鱼、香葱煎蛋。有的清明节，母亲还会捣米粉做肉饺粑，或者割来清明草，蒸清明粑吃。

以后随着我不断长大，每年清明节给爷爷奶奶扫墓时，我会拿了镰刀和镰刮，将爷爷奶奶的坟墓修葺一新。年老的父亲于一旁稍事歇息，脸上满是欣慰。而在刨土割草修葺祖坟的过程中，我渐渐萌生了对祖先的亲近和感恩。我中专毕业参加工作后，也终于在一个清明节，给爷爷和奶奶立了青石墓碑，作为血脉的流传，我的名字，与父母的名字，与爷爷奶奶的名字，刻在了一起。

2001年清明节前后，母亲病重，卧床不起。差不多有一个多月时间，我奔波于故乡与县城之间，整日惶惶不安。农历三月二十，母亲走完了六十九岁的人生。此时,门前水圳边,我亲手所栽的那些橘子树,高大碧绿,开满了一树树雪白的繁花,仿佛是为我那操劳了一生的老母亲送别。隔四年,父亲也去世了,我将他葬于母亲的身旁。从此,他们的坟墓在我们自家的油茶岭上,与我们曾经那个温暖的家,那半栋关门落锁再无炊烟升起的瓦房,隔着田野和江流,静静相望。

> 锁门携眷含悲去,
> 从此烟消任雨淋。
> 他日相思回故里,
> 何人檐下笑相迎?

每年清明节,当我带着妻儿回到故乡,站在父母的坟前,看着母亲墓碑上刻着的这首我自题的小诗,泪水总是止不住地打湿眼眶。

第二辑

夏

四月八

农历四月,故乡进入夏天。此时的乡村,树木繁荫,百草丰茂,花开鸟鸣,好不清新热闹。江流两岸的稻田里,早稻已然插过,满眼是一片浅浅的新绿,它们日夜承受着阳光雨露的恩宠,长得生机勃勃,让勤勉的乡人于不经意之间,便有了一种心头的踏实与安宁。

故乡也迎来了夏天的第一个盛大节日,四月八。

在故乡,与其说四月八节是乡人对辛苦忙完春耕春插农事后的一次自我犒劳，不如说这是一个专门为乡村儿童增添快乐和幸福的节日。这一天，家家户户吃糯米饭、染红蛋，是这个独特节日的显著表征。

关于四月八节的来历，我从小就耳闻两个语焉不详又互不相干的传说。说是古时候，有个名叫罗卜的男孩，其母罪孽深重，死后被打入地狱，不但遭受酷刑，还常被鬼卒抢去饭食而挨饿，罗卜立志救母于苦海，往西天求佛超度。罗卜在四月初八那天下地狱给母亲送饭时，事先采了乌饭树叶捣汁煮糯米饭，将米饭染黑，骗过了恶鬼，终让母亲得以吃饱。这个罗卜孝子，也就是后来佛门里的目连。另一个传说，则与一句民谣相关，"四月八，吃鸭子，八月十五杀鞑子"。相传在元代，汉族人民为推翻异族的残暴统治，口口相传，约定起事日期。在我故乡一带，鸭蛋俗称鸭子。这两个民间传说里的糯米饭和鸭蛋，合并在一起，就成了故乡沿袭久远的四月八节的特定民俗。

童年里，故乡的四月八节十分隆重。早几天，亲友之间就相互赠送鸭蛋或鸡蛋，都是吉利的双数，或六只，或八只，或十只，或更多，这些蛋是特地送给孩子的节日礼物。那时的乡村，差不多家家户户都会养鸡、鸭，这段时间总会积攒一些鸡蛋、鸭蛋。即便是没有养鸡、鸭的人家，也会赶圩买一些来送礼。用苎麻线编织蛋网兜，也是妇女们这段空闲时的手工活，家有几个年幼的孩子，通常就会编织几个蛋兜，一个蛋兜能装两只鸭蛋，为图喜庆，编好的蛋兜也会染成红色。此外，糯米的预备也是各家主妇需注意的。那个年代，生产队尚未解体，水稻产量普遍低，糯米也是乡村贵重之物，普通人家一年中很少煮糯米饭吃的。

我家在青砖黑瓦的老厅屋居住那些年,每年四月八节这天早上,母亲就会在柴火上架了小砂罐,放进几对鸭蛋煮,另用一只碗倒入从圩场买来的红染粉末,添水少许搅匀。当鸭蛋煮熟了,母亲用筷子夹出来,在碗里一滚,就成了一只只鲜艳可爱的红蛋。红蛋冷却后,装入红网兜,挂在我的脖子上,或者套在我的衣扣眼上,就成了胸前两枚红勋章。我的三姐和二姐,比我大几岁,她们往往将红红的幸福藏在衣兜里。那个时候,同住一个老厅屋的五户人家,孩子多,这天早上人人身上或手中都有着属于自己的红鸭蛋,笑容可掬,幸福洋溢。

我们手中的红蛋,谁也不轻易敲破剥了吃,总要把玩许久。尤其是对于男孩子来说,手中的红蛋总会在同伴之间相互炫耀比试一番,比谁的更大,比谁的更硬。我们常两两之间拿了各自的红蛋对碰一下,蛋壳碰破了的一方,只得认输,嘻嘻哈哈剥了吃下。偶尔有的人,手中拿着的是红色的大鹅蛋,自然耀武扬威,是比试场中的王者。假如这一天恰逢上学,带到学校来的红蛋就更多了,乡村孩子,惯于将幸福表露在外,追逐笑闹,红蛋晃动,是无比开心的日子。

这天的故乡人家,都是吃糯米饭过节,菜肴自然也离不开一碗葱花煎蛋。烧柴火煮糯米饭时,鼎罐里会放了猪油和盐,煮出的糯米饭白亮、软糯、油润,更香了。在那个时代,乡人一年中很少吃到猪肉,这样煮的糯米饭,还能弥补一下因少油水而导致的肚荒,即便不用菜,也能美美地吃下几碗。我们村后的山岭上,有着许许多多碧绿成丛的乌饭子树,但四月八节摘乌饭树叶煮乌米糯饭的人家,还是极少数。或许在当时乡人的审美观念里,乌黑的米饭毕竟不太雅观吧。不像现在的人,观念里更崇尚环保和绿色,以乌米糯饭为更佳。

  分田到户后,乡村的日子一天天好起来。虽说糯米饭和红蛋对孩子们的吸引力渐渐弱了,但四月八送节的习俗在许多年里,依然在乡间延续着。记得我二姐出嫁后,我相继上高中、读中专,每年节前,她都会提了猪肉和鸭蛋,走十里山路,来给我的父母过节。我的父母也会拿了吉利数目的鸭蛋,作为回礼,送给我的外甥们。

端午

与时下过端午节家家户户包粽子有所不同，在我童年和少年时期，故乡曾有一段很长的岁月，每年过端午，除了门旁插艾，身上地上涂洒雄黄酒外，当天最重要的食物，便是馒头。

故乡的馒头不像如今在城里吃到的馒头，白白胖胖，蓬蓬松松。故乡的馒头是用自己土里刚收割的新麦子磨成粉做成的，是将新梧桐叶垫在高粱秆子做成的圆箅子上，用大水锅蒸出来的，颜色深暗，像红非红、像黑非黑、像黄非黄、像紫非紫的那种颜色，里面包着一点红砂糖，热热软软的，咬一口，流出一股黄黄黑黑、稠稠浓浓的糖水来，口齿生香，眼角含笑。

说到小麦，现在的人似乎有一种偏执的印象，认为那就是北方大平原的物产。其实在南方山区，至少在我的故乡，在我青少年时代以前，小麦实在是十分寻常的农家作物。那时的乡人，视土地为宝，只要是不适合种植水稻的地方，不论是旱田旱土还是开垦出来的山坡，在冬季都要种上一季小麦。当漫天瑞雪飞舞，花草树木萧疏，山沟路旁，村边河畔，一垄垄麦苗已碧绿油亮，如毯如被，如丝如缕，给沉寂的冬天带来了生命的活力。

春暖花开，麦苗哗啦啦拔节疯长，直往云天窜，用不了多久，就能把人淹没在绿海里。这时的麦地里，生长着嫩嫩的猪草，当中有一种我们叫烂布筋的草，沿着麦秆向上攀爬，如丝如缕，鲜嫩非常，是最好的猪草，扯了来，又干净又清爽，甚至不用水洗就可以直接剁碎煮潲喂猪。小麦抽穗的时候，麦地里能时常发现坏了的黑麦穗，这也是我们那时不可或缺的玩具，拔了来，俯在地上一弹，一条黑黑的直线就印在了上面。

麦地很快就转黄了，麦穗像长了长胡须的老人，在太阳的照耀下，一天天干瘦枯萎。开镰割麦的日子，村庄像被招惹了的蜂巢，人来人往，人声嘈杂。乡人割麦用的不是割禾那种短把密齿小镰刀，而是砍柴割茅草用的那种锋利的长把镰刀，站在干燥的土地上，俯身割麦，沙沙有声。南风吹拂，阳光朗照，一片片麦浪倒伏下去，土地又变得空旷起来。割好的小麦，人们一捆一捆用棕绳或油茶树条子缚起来，用柴枪一担一担挑到村里的禾场上。

打麦子用的全是手力。打麦子的人字形木架斜撑在打扫干净的禾场上，上面搁置一块青石板，周围用麦捆围一个大圈子。打麦子的时候，打麦人光脚跨开站在禾场上，双手掐紧一把麦秆挥过肩膀，猛力朝着青石板打击麦穗，口里不自觉地发出一声一声"哼，哼"的用力声。随着节奏均匀的打麦声，麦粒飞溅，落满一地。

这段日子，村前公路上来来往往的拖拉机多了起来，山村上空整日响着噗噗突突的轰鸣声，有时甚至还有大汽车驶过的嘎嘎喇叭声，都是来收麦秆的，据说要把麦秆拖到县城的造纸厂里去，能够变戏法似的造出一张一张写字的白纸来。家家户户便将打完麦子的麦秆重新捆缚起来，一担一担挑到公路边的收购场地，换回多多少少的钞票，这些赤手赤脚的庄稼人的脸上，笑逐颜开。拖拉机和汽车装满一车车麦秆，堆得活像又高又宽的蜗牛壳子，一摇一晃驶出了村庄和山岭。

磨坊就在村南江坝边，是几间低矮的青瓦房，中间围着一块三合土打成的禾场。从高坎水圳里落下哗哗的水流，冲击大水轱辘一圈一圈缓缓转动，流经磨坊前门，汇入江中清流。端午节临近的日子，磨坊热闹忙碌起来，水轱辘不停旋转。丽日白云下，磨坊的小禾场上，放了几排高高的木架，架子上用短竹竿挂着一挂一挂的长面条，密密麻麻，如瀑如帘。晾晒干的挂面，被切成一截一截，扎成一把一把。村妇们用麦子换了面条，带回家，做成汤面，放点猪油，放点葱丝，放点红辣椒灰，喷喷香香的，是过端午节的好菜，也是招待客人的佳肴。

端午节的大清早，村前江边大大小小的梧桐树，都有各家的大人孩子在采摘肥大的梧桐叶子，用来蒸馒头。我也不甘人后，会摘来大把碧绿的梧桐叶。母亲做好馒头后，在灶上架了大水锅，锅里加了水，再放入那张用高粱秆子做成的圆篦子，而后垫上清洗过的梧桐叶，摆好馒头，盖上木锅盖。为防漏气，锅盖四周还要用帕子围捂一圈。这样篜出来的馒头，既不粘连，又有一股梧桐叶的清香。馒头做成两种，一种没有放糖，圆圆的像个拳头；一种里面放了红砂糖，做成半月模样，热热的拿一个在手里，从尖角角上小心地咬一口，一股热糖水就流了出来，清甜，喷香。

我们村前的江流不是大江大河，里面没有船，所谓端午节划龙舟的事情，我是在青年时代走出故乡，才看到过，那也与我没有什么关系。在我远去的岁月里，端午节其实很简单，就是全家人一起吃一碗作菜的汤面，吃一天母亲做的馒头，这已经足够我们津津回味一年，并期待着下一个端午节的到来。对于我，对于每一个顽皮的村童来说，端午节更意味着江水不再冰凉，天气晴热，又可以到江中畅快地游泳洗澡了。

尝新

　　过了端午,天气更趋炎热。村前碧绿的稻田,禾苗抽穗扬花,蛙噪虫鸣,一派生机。随着时令的推进,谷粒灌浆结实,日益饱满,无数的稻穗也由原先的紧凑笔直,渐渐松散开来,低下了头,早稻的收成已然在望。只是在这青黄不接之时,村庄里,也有不少人家靠借粮度日,人们寄望于稻田黄熟,期待开镰尝新的日子早点到来。

　　位于湘南山区偏僻一隅的故乡,人多田少。长久以来,吃饱穿暖是乡人孜孜以求的大事。为了多产粮食,除种水稻外,园土和山岭,乃至一切能耕种的隙地,乡人还会种上小麦、花麦、高粱、穄子、花生、黄豆、红薯等各种作物。在那个辛勤耕种靠天吃饭的年代,同村里大多数人一样,我的母亲一向敬畏天地,感恩神灵和祖先。一年中,家里每逢有了新的粮食物产收获,做成了食品,母亲必定先用碗装了,虔诚地敬天地,敬神灵,敬祖先,让他们先尝新享用,而后我们才可以吃。

水稻无疑是故乡最重要的粮食,乡人对于水稻多产多收的期盼也至为虔诚。童年里,我常听年长的父辈祖辈语焉不详地讲起稻谷的来由。说是古时候,人间本无稻谷,多亏了一条聪明的狗,从天上粘了一身谷粒来,可惜它过天河的时候,身上的稻谷全被洪水冲走了,唯独高高翘起的尾巴上还剩一点点。就是凭着这一点点稻谷,人们育种繁衍,才渐渐有了大片稻田,才有了饭吃,不至于饿死。有人甚至不无惋惜地说,要是当初狗身上的稻谷不被洪水冲走,原本禾苗浑身上下都会结满稻谷的,不会像现在所看到的只长一枝狗尾巴似的稻穗了,那样的话,我们就有吃不完的米饭。每每听到这里,我心里也充满了神往。

事实上,故乡双季稻的种植,直到二十世纪六十年代后期才得以推行。在此之前,乡人种的是单季高秆稻。这种稻,植株高大,禾苗抽穗时,人走进稻田,差不多齐胸高,可稻穗却短,产量也低,黄熟时,又易倒伏,给收割带来不少困难。亦因此,在曾经漫长的岁月里,歉收与饥饿,总是与农耕的故乡形影相随。

稻谷尝新的风俗,村中传承已久。旧时的故乡,稻田临近黄熟,田主会择时剪割一些稻穗,脱下稻粒,晒干或炒干了,舂成米煮饭或熬稀饭尝新,以敬天地神灵,祈求风调雨顺、粮食丰收。其实,此时的尝新也有着另一层原因,就是家中粮米空空,饥荒难度,在实在没办法的情况下,先剪割一点尚未完全黄熟的稻谷来填肚子。

大集体时代,稻田都是生产队的,尽管剪稻穗尝新的仪式已经没有了,但尝新作为一项传统节庆,依然保留着。只是尝新节并不像端午节那样,有一个固定的日子。每年农历六月,早稻收割之后,在分新稻谷时,生产队会特地杀一头猪分肉,给大家过尝新节。这几天,村里各家都会辗新谷,做新米饭,配了辣椒炒猪肉的好菜,一并虔诚地献给天地神灵和祖先尝新。此时,那种辛苦过后有饭吃的喜悦,会照亮每一个乡下人的脸庞。乡人在吃新米饭时,往往也会拨一些饭喂狗喂鸡,让这些家畜家禽也一同分享尝新的喜悦。

分田到户后,杂交水稻取代了常规良种,稻田连年增产增收。我那时正值少年,欣逢故乡农业的鼎盛期。在那个农民生产积极性高涨,四海无闲田的年代,我们家也同千千万万普通农家一样,终于过上了家有余粮,一年四季有饱饭吃的好日子。仔细算来,这样的日子,其实距离现在并不遥远。只是如今的故乡,在时代浪潮的裹挟下,人们不再重视农耕,纷纷弃耕进城,农田水利的败坏程度令人触目惊心,荒芜的田土也随处可见。双季稻早就没人耕种了,繁忙的"双抢"景象已成了历史。在这样的大背景下,还有多少新一代的农民敬畏天地,敬畏粮食,记得尝新节呢?真是兴衰皆忽焉!

我还是难以忘怀,我青春年少时那个充满了勃勃生气的可爱家园,难以忘怀盛夏六月稻田丰收之后母亲敬天地神灵和祖先尝新时的虔诚场面。中午时分,晴日高照,母亲端了一张长凳放在我们家新瓦房大门口的檐下,摆上一碗新米饭、一碗青辣椒炒肉、一碗酒,点燃香火、纸钱,敬天敬地,敬五谷神灵。而后,她又恭敬如仪,将这些饭食置于厅屋的神台前,请祖先尝新。

待祖先尝新过后,我们一家人才围桌而坐,津津有味地吃着香喷喷的新米饭,每个人的脸上都有着抑制不住的喜悦。此时,门前的水圳,汩汩流淌着灌溉的清流,广阔的稻田,全是"双抢"过后插满了晚稻秧的浅浅新苗,一派嫩绿。

打铜锣

"各家各户,鸡鸭小心!"一阵粗喉咙大嗓门的喊声过后,紧接着就是几声"噌,噌,噌"的铜锣声,令人心悸!这是电影《打铜锣》里面的片段,更是旧时故乡夏秋间常见的场面。

故乡村旁的黄氏宗祠,是一座有着近两百年历史的清代建筑,规模宏大。与宗祠一巷之隔的,是一栋小砖瓦房,童年里,曾是我读一年级和二年级的学校。这巷道之上,是木结构的长檐廊,两端有栏杆,上面盖了小青瓦,由一个木板楼梯连通上下。每到上课时分,老师拿了小铁锤,有节奏地敲打那块用铁丝悬挂于檐廊的锈长铁,顿时,清脆悠扬的打点声响了起来:"当,当,当,当……"我们赶紧跑进教室坐好,掏出书本,等待老师的到来。

相比学校的打点声,村里有紧要事情时也往往打铜锣,其声音高亢激越得多。

在故乡,铙、钹、大铜锣、小铜锣、鼓、喇叭统称响器。一年中,动用全套响器的日子,除了春节期间舞神狮子是吉祥喜庆之外,其余都是与祭祀或葬礼有关。这些响器当中,大铜锣的声音尤为粗犷洪亮,震撼人心,用锣槌打起来,"喤,喤,喤",两三里路外都能听见。也正是因为这个缘故,许多年来,乡间遇着有紧要事需广而告之时,便用打铜锣的方式,在村巷间巡游,以引起各家各户的注意。由此,在乡人的日常生活中,"打铜锣"一词也引申出更丰富的含义,比方说某人嗓门大,像"打铜锣一样";要是某件事不宜声张,而说话者又不注意分寸,有时也会被怼:"你还要去打铜锣,让满村人都知道啊?"

言归正传。曾有多年,村中负责打铜锣的人是希贤。倒不是他铜锣打得特别好,而是因为他穷。我有记忆时,希贤便是一个老单身汉,一度住在村边一栋破旧的烤烟房里。烤烟房倒塌后,他无处安身,只得住进宗祠。之后,他又把邻村死了丈夫的瞎婆子并几个未成年孩子带回来同居,那么多张嘴巴全靠他一个人养活,村里为照顾他,便把守宗祠、守山、看水圳、打铜锣的职责交给了他,让他多一些收入。希贤自然十分乐意,也尽职尽责。

在农耕时代的故乡,种植水稻是极其重要的农事,它关乎每一个家庭的吃饭问题。对粮食的珍视,是一辈子躬耕于泥土的每一个农民的天性。每年清明前后,是早稻播种的时节,为防家禽偷吃秧塘的稻种,那段时间,希贤通常会在吃晚饭的时分,提着一面大铜锣,在村巷里打得喤喤响,让人猛然听见心惊肉跳的。他那破嗓门也大:"各家听好了啊!秧谷下塘,鸡鸭鹅要关好!"一阵吆喝过后,接着又是喤喤喤的几声,震天动地。他一边打铜锣,一边走,一边声嘶力竭地吆喝,要将全村每个角落都走遍,将他那不可违抗的禁令传达给每一户人家。各家听到后,自会付诸行动,将家禽关好,少让它们出去惹是生非。

盛夏稻谷临近黄熟,村前广阔的稻田,收获已然在望,不仅人喜欢,家禽也喜欢,一不留神,它们就会跑去啄食。这时候,各家的鸡鸭鹅,又得关起来圈养。希贤的铜锣声,也会频繁响起来。

那时,故乡的山岭则以种植油茶树为主,漫山遍野都是碧绿的油茶林,这是故乡人家又一份重要收获。摘油茶(采摘的实际是油茶果,但故乡俗称摘油茶)通常要在霜降节气之后,这时油分才足。在生产队时期,周边村庄上山开摘油茶果的日期是统一步调的,禁止提前。在霜降将至的那段日子,禁山的铜锣声经常响彻村庄的夜空。直到某一天,开摘的铜锣声响起,山山岭岭,一时热闹起来,到处都能看到肩挑手提摘油茶的人。

多年来,故乡的乡约,油茶采摘过后的几天里,也是村里放山捡柴的日子。家家户户,人人都可以上山捡柴,只是不能故意毁坏活生生的油茶树。可是过了这几天，希贤的铜锣一响，放山期结束，便到了不能捡柴的禁止期。童年里，我与伙伴们日常的一项重要职责便是偷偷地上山捡柴，毕竟，家里每天烧火煮饭煮菜离不开干柴啊！为此，也不知跟希贤玩过多少回老鼠躲猫的游戏。甚至可以说，那时候，我们最怕的人，就是爱打铜锣的希贤。

一个村庄，需要希贤打铜锣的事情还远不止这些，有时村里要开大会，或者修渠道，甚至办白喜事，也离不开他的铜锣声。

村中有老人去世时，按风俗有一项买水的仪式。由孝子披麻戴孝，提一把铜壶，拿几枚铜钱或硬币，去村前的水井买水。当孝子来到井边，往井里投进钱币，反手打满一铜壶井水，一路不回头地提回家，给老人最后一次擦洗身子。这往返的路上，与之随行的一个人，提一面铜锣，每走几步打一声，鸣锣开道。通常，这打铜锣的人，十有六七便是希贤。

希贤看守着黄氏宗祠，各家在宗祠办白喜事酒宴自然离不开他，他也十分乐意全程参与。每到快要开席的时候，就有人发话："希贤，要去打铜锣了！"希贤便高兴地提了铜锣，拿了锣槌，大步流星地走入村巷，随即便响起震撼人心的铜锣声和他那卖力的吆喝声。

"哐，哐，哐……"

"上席了啊！……"

算八字

入夏以后,晴热少雨,对于算八字的盲人来说,是个福音,一来天气不再像冬春两季那般的寒冷多变,再则此时的乡村小径,没有了雨雪天的泥泞和滑溜,便于行走。这样的日子,他们不必带雨具,只需肩挎一个旧布包,拄一根或两根竹棍就能出门营生。

旧时的故乡,我们的父辈祖辈都是出生于解放前,文化水平普遍低,大多数人往往一字不识。即便如我们家,我的父母也不识字。在他们的人生里，算八字已融进日常生活。而算八字的人，也同样是出身普通农家，只因眼盲，难以谋取正常人所能从事的职业，当中的头脑聪慧者，便拜师学算八字，以此作为技能，四处奔走，换得些钱粮，糊口养家。

算八字的人最集中的地方，自然是圩场。赶圩的日子，乡人自四面八方而来，卖杉树的，卖鸡鸭的，杀猪卖肉的，挑炭的，更多的则是卖四时土产，无不肩挑手提，络绎满道。圩场上百业兴旺，各自成行，算八字的盲人也必然在檐下某处占有一席之地，他们端坐于板凳，胸前抱着根拄杖棍，不时翻转那双已失去灵动的枯眼，于烦嚣的集市声中静待前来算八字的人。长期以来，乡人口口相传，哪个盲人的八字算得准，哪个盲人的八字算得不太准，都清楚得很。那些所谓八字算得准的盲人，自然会吸引更多的人围在他的周边问询与倾听。有意思的是，算八字的盲人几乎是清一色的男性，而前来算八字的人，大多是妇女。

平常的日子，算八字的盲人则是走村觅取生意。盲人走路十分小心，每走一步，他手中的长竹竿要在面前点三下：左边点一下，右边点一下，前方点一下。小时候，我看到那些盲人，缓缓行走在水圳边，江边，甚至桥边，常为他们担心，担心他们掉进水里，然而却没有。他们于黑暗之中，沿着曲曲折折的小路，竟然在远远近近的村庄之间能自在来去，识得方向，这也让我深为佩服。偶尔，我也闭着眼睛学盲人走路，眼前顿时漆黑一片，才走几步，就不敢迈腿了，睁开眼时，更是发现所在的地方,早已偏离原本设想的路径。也有的盲人,年龄尚轻,算八字的技艺或许学会还不久,在黑暗里摸索走路的经验尚不足,还得一手搭在引路人的肩膀作为依靠,一步步地跟着前行。

夏秋间,算命的盲人进了我们村,通常会坐在村前朝门口歇息。这里有石条石墩,有高柳巨荫,是村里人最爱聚集的地方。等到中午时分,在田土山里做事的人们回来了,前来算八字的人,便渐渐多了起来。

故乡有句俗话,"穷算八字富看相"。日常里,那些身强力壮家道兴旺之人,是很少算八字的。照民间的说法,一个人事事过得顺畅,就只管蒙头过下去,别去算八字,否则,怕折了好运气。村里人算八字,大体来说,无非这么几个方面:小孩子算童运;青年男女算婚姻;老年人问寿年;再就是因家道突然遇着了不顺,算八字问个讯,以图防范与化解。缺医少药的年代,乡村孩子在童年时期病痛多,难养育,许多孩子过早夭折。给小孩子算八字,可以说是每一个母亲最热衷的。

盲人在村口算八字时,我常去围观,他掐着手指,说的那些子丑寅卯,其实我也听不懂。在我看来,算八字的盲人,就跟补锅匠一样,既然来到村里,就觉得有趣,就要去看热闹。我记忆中,算八字的盲人最喜欢说的两个词,一是说小孩子"童运长",二是说老人家"有一蹦跳"。所谓童运长,大约相当于病痛多,灾难多,更难养育。所谓有一蹦跳,意思是有一道坎。盲人给老人算寿年时,常爱说:"照八字推算,七十岁有一蹦跳,跳过了能活七十三,跳不过,阎王老子请你吃早饭。"类似这样的话语,我小小年纪,就不知听过多少遍了,似乎放在每一个来算八字的老人身上都合适。

有的算八字的盲人,还扯花书,我那时十分惊奇。那花书是一叠小册子,每一张里面都画了画,有矮子上楼,有棺材,有花鸟,有鬼怪,内容各异。来算八字的人,从盲人手中随意抽出一张花书,再交还给他。盲人打开花书,用手指摸索一阵,就能知道花书的图案,并据此生发出一段解说,让人听了似懂非懂的。扯花书最值得称奇的,便是鸟啄花书,由一只笼中的小鸟啄出一张,简直就是魔术表演了。

童年里,母亲给我算过许多次八字。有时候,她原本是在听别人算八字,但听着听着,就忍不住给我算一个。对于我自己的八字命运,我一向很好奇,母亲也屡次讲给我听,大体都差不多:要防水,少到江里去洗澡游泳;要防高,不要从高处跳;要寄名,寄给神灵保佑;过十岁大生日时,要挂红传杯;要好好读书,将来会有出息……对于我将来读书有出息这一条,母亲是最为开心的,每回讲到这里,她脸上满是笑容和期待。

那时候,算一个八字,要一两角钱,实在没钱的话,装一碗米倒进盲人的布袋里也行,或者请他到家里吃一餐中饭作抵也无妨。等到午后,村里的大人们又陆续上工去了,那算八字的盲人,也从朝门口站起身,拄着他的长竹竿,挎着鼓鼓的布袋子,一步三点,在斜阳的映照下,沿着石板小路,探索着走出村外,走上了回家的路途。

如今的故乡，已经看不到算八字的盲人了。在科学昌明的时代，人们普遍有了文化，加上生活水平的提高，医疗卫生的改善，人们更愿意相信，命运掌握在自己的手中，掌握在不断积极进取的人生之中，而不是挂在算命先生的嘴巴上。

寄名

旧时乡村缺医少药，一个人要平安度过孩提时代殊为不易。许多孩子，因为疾病早早夭折，给家人留下深深的伤痛。为了消解孩子的灾难，以防不测，父母通常会为孩子另取名字，施以仪礼，名义上寄托给神、人、物作为养子或养女，期望借助其神力或福分，保佑孩子能长大成人。在我的故乡，这种寄名的风习，曾经广为流行。

小时候，故乡的村旁，有一片枞树山，地以树名，就叫枞山。这里的枞树十分高大,间杂各种其他的乔木、灌木和荆棘,又茂密又葱郁。这里既是我们搂枞毛、捡柴、摘野果的地方,也是早夭孩子的埋葬之地,村里的许多小孩甚至少年,就长眠在这片枞山的树下或空地。我曾经的一些儿时玩伴,甚至我的几个此生无缘见面的哥哥姐姐,他们的生命之花,也早早零落在这片山岭。这些可怜的人儿,生命短促,想必灵魂也弱小如豆,村里人通常称之为豆子鬼。我们在这山间,若是某人突然喊一声:"豆子鬼来了!"立马都吓得赶忙逃了出来,心跳怦然。

在故乡,取了寄名的人很多。单就我们家而言,也不少。我的父亲在族谱上的名字叫隆浞,常用名是观成,据说是寄于观音菩萨名下而取的。凑巧的是,我母亲原名运莲,也是寄于观音菩萨名下,另取名观莲,这成了她一生的常用名。我的大姐荷花,是父母的第一个孩子,认了远地的异姓亲娘(方言),取寄名廖寄彩。至于我,从小就病痛缠身,又是家中最小的孩子,且是唯一的男孩,更是让父母担心不已,父母很小就把我寄于自家灶王爷的名下,寄名灶青。

村里人家给孩子取寄名,往往是听了算命先生所言。那时,常有算命的盲人挂着竹棍来到村里,坐于村前的朝门口,或者坐于某个巷子里,给人算命。出于对未来命运的探询和好奇,一些人就会围着去,听别人算命,也给自家人算命。尤其家中有孩子不好养、爱哭闹、爱吵夜、身体消瘦、病恹恹的,做母亲的总会怀着焦虑的心情去给孩子算命,看看命里有什么劫难,需要如何逢凶化吉。那算命先生,一番推究生辰八字之后，往往就会说要给小孩取寄名，方才好养育。至于寄名于何处，依八字而定，或寄于神灵，或寄于别家，或寄于山石、大树、水井、鸡窝……

相比而言，村里人家更乐于将孩子寄于石头、树木、桥梁、水井这类自然物或人工物，原因不言而喻，寄于神人，一年中的四时八节，便多了各种礼数和花费，这对于那时经济尚贫困的乡人，是笔不小的开支。在故乡，村对面山边那块名叫雷打石的巨大石崖，江上的石桥，村前的老水井，村旁的古樟、古柏，是寄名频繁之处。特别是青石水井和井边的那棵老柏树，是寄名最多的，那水井常被人尊称为水井爷爷，那柏树被尊称为柏树爷爷。

便是寄名于物，也需履行一番恭敬的礼仪。那时我们村里，乡人给孩子取寄名时，通常会带着红纸，登门去德阳家或者孝勤家。德阳是老地仙，孝勤是村中红白两喜的礼客生，他们德高望重，是村里公认有学问的人，毛笔字也写得好。他们会给出取名的建议，而后裁了菱形的红纸，竖着在纸上写上三行字，正中的一行最长，诸如"今将男某某寄于柏树爷爷名下别取花名某某"之类，左右两侧，则分别写上"相生相旺""易养易成"，红纸的四角，分别写上"长""命""富""贵"。取回寄名帖后，做父母的备办了供品、纸钱、香烛和鞭炮，在择定的吉日，天未亮就起一个大早，趁着路上尚无人迹，打着灯火赶到寄名之处，贴上寄名帖，摆上供品，一番跪拜行礼，点了纸钱、香烛，放了鞭炮，从此孩子就有了寄名，得了寄亲的庇佑。

我们村前的水井边,那棵郁郁苍苍的老柏树,一年中不时就会有人在那树干上张贴寄名帖,新帖压旧帖,或寄名于柏树爷爷,或寄名于树下的水井爷爷。遇着过年过节,常有人来此焚纸香作揖,献上供品,以示感恩。

多年之后,我的女儿黄佳出生,遵照我年迈父母的建议,我带着妻儿从县城来到乡下,按照传统的礼仪,将女儿寄于水井边的柏树爷爷名下,从此她有了一个寄名柏嘉。以后,我的儿子黄奎出生,我们又将他寄名于故乡的水井爷爷,取寄名井奎,只是这时,我的父母已然不在人世。

数十年岁月悠悠而过,故乡的那口老水井,至今仍汩汩流淌;井边的那棵老柏树,愈发高大而苍翠。我偶尔回到故乡,在那树干和石砌井栏上,依然能看到寄名帖。虽然现在的故乡已不再缺医少药,乡人也少了对命运的迷信,每个出生的孩子都能健康成长,但寄名作为一种寄托美好愿望的风俗,依然传承了下来。看着那些火红的寄名帖,我总会不由从心底涌起对如花生命的深深祝福!

烧稿荐

江塘坪是一个风景美好的地方,但在傍晚或夜里路过此处时,又常让人心里不免发毛,生几分害怕。因为一直以来,每当故乡有人寿终正寝,多在这里的桥边草岸烧稿荐,那一块长方形的黑色痕迹,格外醒目,要好长的日子,才能被风雨消融,被重新长出的青草所掩盖。

故乡的江上,曾有两座古老的石桥:一座是拱桥,在村北;另一座是平桥,就在村南的江塘坪。江流自南而来,蜿蜒穿过田野,先后从这两座石桥下流过。江塘坪堪称咽喉地带,石桥上游的江段陡然开阔,江中有两个并列的沙洲,洲上草木繁茂。江洲往上,是一道宽阔的拦江石坝,清澈的江水自坝面溢出,形成哗哗的白瀑,汇成激流,冲刷着江洲,在两洲之间积成深潭。洲旁江岸,靠我们村庄的一侧,还有一条长长的水圳和一座四合院式的旧磨坊。江塘坪也是交通要道,过了石桥,沿着向东的石板小路,经油市塘村,可达十里外的黄泥圩;向南,过羊乌村,再走七八里,可到东成圩。长久以来,江塘坪的石桥是乡人进出村庄的要冲,尤其是老人出殡,按风俗必定从这里经过,并在桥头举行路祭。过了桥,也就出了村,对岸不远处,便是绵延的山岭,是亡人永久的安息之所。或许正是基于这一缘故,这桥边的江岸,成了乡人给亡亲烧稿荐的地方。

稿荐特指亡人临终睡过的床铺。旧时的故乡,人们多以稻草垫床,枕头也是一捆稻草,上面铺上草席。亡亲去世入棺后,亲人将其床上的稻草、席子、旧被、衣物,一并挑到桥边的青草岸,堆于一处焚烧,便是烧稿荐。烧稿荐也有讲究,必定烧亡人穿过的一双鞋子,鞋底朝上覆着,寓意在世间走到头了。稿荐烧化过后,成了一堆黑色的灰烬,有时还剩下未曾完全烧透的鞋底,加上旁边那些香火、蜡烛的余烬,陡然见了,确实有些瘆人。

从童年到中年,在故乡的桥头,我不知见过多少次稿荐的灰烬。每一堆灰烬,都是一个乡人的逝去,凝聚着亲人的无限悲伤。曾有许多年,我一直不敢也不愿去设想,有一天,那桥边的青草丛中,也将会添上父母的稿荐灰烬。可那两个哀痛的时刻,终究还是来了。

母亲病逝的那天,是二〇〇一年农历三月二十。早晨七时许,我在永兴县城接到父亲从故乡打来的电话,他平静地告诉我,母亲走了。那一刻,我的泪水夺眶而出。一个多月以来,母亲卧病在床,状况时好时坏,我不断地往返于故乡和县城之间,没想到却未能见到母亲最终的一面。当我再次赶回家,抱着母亲痛哭时,母亲再也不能睁眼看我了。

遵照故乡的风俗,我披麻戴孝,提着铜壶,由另一人鸣锣开道,去村前的老井给母亲买水。一路上,我默默地呼唤:"妈妈,我给你买水来了。"到了柏树下的老井边,我双膝跪下,深深作揖,往井里投进几枚硬币,顺手打了满满一壶井水,而后站起身,跟着"喤喤"的铜锣声回家。用这壶水,我们姐弟亲人给母亲最后一次擦洗身子。

母亲的寿衣寿裤被我们从老木柜里找了出来,那是她自己多年前就已经置办好了的,当时家里卖了新茶油,母亲便从圩场扯了布,放在裁缝铺里,给她和父亲各做了一整套。多年来,母亲把这些寿衣寿裤叠放整齐,妥善保存在木柜里。母亲曾多次对我们说,人总是难免要死的,先预备着,免得你们临时受急。母亲的寿衣共三层,贴身的是一件白布衣,外面的是两件黑衣。三条裤子,则全是黑色的。姐姐们给母亲擦洗身子后,小心地给母亲换上了干净的寿衣寿裤和袜子,戴上黑色的寿帽。母亲笔挺地躺在床上,就像睡着了一般,脸上盖着我不久前出版的一本诗集,书里有我对母亲的思念。我握着母亲冰冷的手，心里无限悲伤。

师公在卧房里做完法事，母亲的遗体连同草席便被移下了床，平放在房中的地面上。这个过程，俗称下土，以便让遗体吸收土气，凉透僵硬。我蹲在母亲的身旁，不停地在盆中烧纸钱，我多么希望，母亲在那边能有更多的钱用，不再像今生一样，更多的日子，是艰辛与贫寒。

在选定的时辰，在一片痛哭声中，母亲的遗体被众人抬出卧房，缓缓放入停放在厅屋中央的棺材里。当黑色的棺盖慢慢合上，母亲从此与我们阴阳永隔。

母亲的卧房一下变得空荡荡的，一片静寂。我们默默地从床上把她睡过的草垫和被窝撤了下来，把她生前穿过的衣物全部收拢起来，一并挑到桥头的江岸边，仔细铺放妥当，点燃了一把火。火光熊熊，烟尘弥漫，母亲的稿荐在一点一点地焚化，最终成了一堆黑色的余烬。

隔四年。二〇〇五年农历五月十五，父亲遽然而逝，令人猝不及防。故乡的江岸，再次腾起烧稿荐的烟火。那黑色的痕迹，宛如一块巨大的伤疤，久久地贴在青草丛中，贴在我的心头。

请看饭

母亲出殡的日子,定格在春夏之交的那一天。遵照乡村风俗,我诚挚地请来在母亲病重期间看望她的各位乡邻,吃了一餐看饭。

人之在世,谁也逃不脱生死两端。看重生死,为生而喜,为病而伤,为死而悲,乃是人之常情。寻常日子里,谁家生了孩子,或者遭遇了重大变故,甚或有老人病危,亲友邻里多会前来看望,表示一份诚恳的情意。基于这种看望之情,在旧日的故乡,生发出一种请看饭的风俗。

故乡人请看饭，分为三种情况。其一，是请看月子的人吃饭；其二，家中有人重病，幸而康复了，请曾经来探望慰问过的亲邻吃饭；其三，老人病后去世，安葬时的酒宴，要请看望者吃饭。那时乡人经济条件有限，请看饭一般只请看望者所代表家庭的一人，多为主妇。一餐看饭，表达了主家的感激之情，增进了亲戚邻里间的和睦与友爱。

崇尚多生育，是农耕乡村根深蒂固的观念，我的故乡也是如此。人丁兴旺，子孙发达，总是每户家庭的良好愿望。妇女生孩子是人生大事，最初的一个月，要坐月子，我们俗称坐月婆。无论寒暑，坐月子的妇女，额上总是包一块头帕，也要尽量避免洗冷水，据说这样可以减少风寒的入侵。看月子，又叫看月婆，是故乡的风习。娘家人来看月子自不必说，便是本村的亲属与素日交好的邻居，在这一个月里，也通常会先后前来看望，表达喜悦与祝福。

那时，作为看月子馈赠的礼品，猪肉和未曾生蛋的小黄鸡，被乡人公认是最好的东西。此外，鸡蛋、黄糖、粉丝，也都是上好的营养品。曾有许多年，这几样东西，是故乡人看月子的必选，或择其一，或择二三，量力而行，皆是情分。

请月子看饭，一般是在孩子满月的当天。这时的孩子，被奶水喂得白白胖胖，明眸笑脸，十分可爱，来客都要抱抱，说些吉祥的祝福话语，简朴的农家充满了欢笑和喜悦。两三桌丰盛的菜饭，蕴含着真诚的谢意。席间，气氛轻松愉悦，充满了浓浓的乡情。

不过，于我而言，记忆里家中的两次请看饭，一是关乎我的父亲，

081

一是关乎我的母亲,都是我心头的伤痛,让我至今难以忘怀。

父亲突遭厄运,是在一个深夜,那时我还小,尚居住在青砖黑瓦的老厅屋,当时一家人都已沉睡。突然,父亲发出一声惨叫,我们都吓得惊醒过来,母亲连问:"怎么了?怎么了?"赶紧拉开了电灯,一看,父亲侧躺着,满头满脸连同被子席子都是血,正捂着头痛苦呻吟,旁边是一团大土砖。顺着床头隔墙向上再一看,木楼板下赫然有一个大砖洞,一根长长的杉树尾巴,从隔壁邻居家伸到了我们房间。原来,这是邻居家的大儿子周和夜里偷砍杉树刚回来,背进屋时,不小心把砖头撞下,正砸着我父亲的头。父亲的头鲜血喷涌,按也按不住。我和姐姐吓得大哭。我们的哭喊声震动了四周的邻居,包括隔壁周和的父母。大家手忙脚乱想土方子,最后用干杉树皮和杉树节烧成灰,掺上溯锅底刮来的乌墨(方言,柴火烟尘凝结的一层乌黑粉末),用凉开水拌开后,敷住父亲的伤口,终于把血止住。

父亲因失血过多,身体虚弱,那几天一直卧床休息。村里的一些亲属和邻居,相继前来看望,有的拿一些自家产的土鸡蛋,有的从村对面的供销社买了罐头。那个年代,水果罐头是乡村的稀罕之物,一般只有病重之人才能吃到。周和的父母为表示歉意,隔几天赶圩时,买了一斤多猪肉送来。本是隔壁邻居,又出于无意,我的父母对此次横祸也没有过多的怨言。

那年冬天,临近过年的时候,我们家杀了猪,留了一些猪肉,又采办了些别样的菜肴,请了两桌看饭,感谢他们对父亲的帮助,对父亲的看望之情。

2001年春节过后，母亲渐渐染上了重病，腹部肿胀，疼痛剧烈，竟至卧床不起。曾有一个多月的时间，我不断地往返于县城与故乡之间，给母亲买药、送药，看护母亲。那段日子，无论日夜，每当父亲打来电话，我就心惊胆战。他的话语简短："快来！你妈妈又不行了。"我赶紧向单位请了假，急匆匆赶往故乡，来到母亲的身旁。

母亲久病在床，前来看望的乡邻也不少，只是那些猪肉、鸡蛋之类的东西，母亲也吃不了几口。有时，她病情缓解，精神略有好转，便要我们搬了长凳，搀扶她到屋外自家禾场上坐一坐，平静地望着江对面我们自家那片茂盛的油茶山，凝眸良久。母亲曾多次嘱咐我，万一她死了，要葬在那里。有时，当邻里亲友与她交谈时，她笑容惨淡，甚至还会拿着那些药品，声音虚弱地说："这些都是我孝纪买的，很贵。可是阎王老子规定了寿年，又有什么办法呢？"当门前溪圳边的橘子树开满繁花的时候，母亲再一次躺倒，再也没有醒来。她甚至来不及等到看我最后一眼，就匆匆地走了。这是我此生无法弥补的悲痛，每每想起，唯有愧疚。

几天后，母亲安葬，酒席设在黄氏宗祠。按照故乡的风俗，安葬当天的早餐是正席，要特别邀请村中上了年岁的前辈，和看望过母亲的那些乡邻。那张请看饭的单据上，记录着一个个友善的名字——贱彩、全彩、东娥、贱枚、友彩、爱香、舍朵、响月、鸣凤、庠金、良田、月田、娇英……让我深怀感念！

六月六

过了小暑,进入三伏天,到了一年中最酷热的时候,饭菜隔夜便馊,甚至隔一餐就变味。每天早晨一起床,明晃晃的太阳就如同在天空放了一把大火,无遮无挡地炙烤着大地,炙烤着庄稼,炙烤着村庄,炙烤着每一个在外劳作的农人,炙烤得禾场和脚下的石板路都火热发烫。

此时故乡一带,早稻正慢慢黄熟,抢收早稻、抢插晚稻的"双抢"农忙已然临近。若是连续十天半月不下雨,甚至个把月不下雨,就会引发旱情，导致减产减收。尤其是那些离江流较远的村庄，和没有江流的小山村，旱情就愈发严重，田土开坼，园土里的辣椒树、茄子树等蔬菜干枯而死，稻田虫害增加，有时甚至发生大虫灾。童年少年时代，我就曾数次见到我们村后的那座大枞树山发生的虫灾。那些毛毛虫铺天盖地而来，短短两三天时间，整座原本苍绿的枞树山，就像火烧过一般，全部针叶干枯发红，一丛丛掉落，每棵枞树都挂满了密密麻麻的毛虫，令人毛骨悚然。一村人只能眼睁睁看着，毫无办法。这虫灾的传染性极强，那段时间，附近村庄的枞树山，相继引发灾害，无一幸免。每一场干旱导致的虫灾过后，故乡周边的村庄都如同浩劫，深受其害。而那些枞树山林，死的死，能活过来的，也要很长的时间，才能恢复元气，慢慢回复到原本的苍绿。

正是久晴干旱的可怕，从前故乡一带，有六月六求雨的习俗，俗称晒李王天子。那一天，村民抬着李王天子的神像，在田野间游走暴晒，以便让李王天子看到干旱灾情，感动上天，求得降雨。只是这一习俗，在我童年少年时期，故乡已不盛行。那时候，村旁的古寺庙已然毁坏，菩萨神像全没了，寺庙里最后一任住持天慧和尚被驱离还俗，住进了我们村庄的古宗祠。倒是离我故乡较远的一些村庄，那时偶然还听说有三伏天里晒李王天子的事情。不过，"晒李王天子"这个词，至今依然存活在故乡人们的口头上，并另有了引申意义，指代烈日下过度暴晒的人。譬如母亲们斥责正午烈日下玩耍的孩子，就常有一句口头禅："你晒李王天子了！还不赶紧进屋！"

六月六的另一个风俗，却一直延续着，便是洗晒。这一天，家家户户都会洗洗晒晒，晒烫皮，晒粮食，晒红辣椒，晒农具，晒衣被，堪称洗晒节。

旧时的故乡，煨烫皮是每一户人家待客和自用的茶点。客人或邻居来访，主人泡上一壶热茶，煨三四块烫皮，金黄焦香酥脆，起了密集的小米泡，掰成小块装上一大盘，一并喝茶聊天吃烫皮。这是故乡农家的寻常生活，也是一件赏心乐事。

烫皮是米浆做的，一般是在六月六及之后的三伏天里做，这样一整天就能晒干。一大早，家家户户推石磨磨米浆，抱了长凳或木桩、竹竿和稻草，在屋外当阳的空地搭一个晒棚子。做烫皮都是主妇们干的活，在我们家，自然是母亲做。大热天做烫皮很辛苦，天气又热，柴火又灼，每烫一块烫皮，需拿笓竹沾茶油刷一下菜锅底，油花飞溅灼手灼脸。这样的处境中，母亲用小铜勺舀一勺米浆倒入锅底，随即双手端起两只锅耳，提起菜锅飞快一旋，将米浆在锅底旋成圆圆的一大块白烫皮，再放回柴火灶台烫熟，香气扑鼻。末了，母亲的一双手指，冒着高温滚烫，从锅底迅速揭下一张热烫皮，放进身旁的米筛里。刚出锅的烫皮十分软糯，带了盐味，又香，非常好吃。母亲做烫皮往往要做半上午，我们则把做好的烫皮，端到晒棚去，一块块整齐地晾晒。等到太阳下山，烫皮全部晒干了，小心地收起来，能装箩筐一两担。

故乡人常说，六月六晒粮食，不易生虫。那一天，村里的一块块禾场,都晒上了各家的黄豆、高粱和陈谷。晒红辣椒的,摘来长豆角晒蔫做腌酸菜的,晒干茄子皮的……样样俱全,乡村的禾场,在烈日下是那样的五彩斑斓。

那一天,家家户户更会在房前屋后的木架上,柴堆上,空地上,晒棉被,晒冬天穿的厚衣物,甚至晒蓑衣,晒斗笠,晒长年不见天日的笨重木柜和木箱,晒去湿气,晒去霉气,重新吸纳暖暖热热的太阳味道。老人们也会找出包裹多年的黑白寿衣寿裤,仔细拿出来,叠放在团箕里,放在太阳底下晒一晒。

在我们家,许多年来,六月六晒的衣物棉絮,其实都是旧的。唯有父母的寿衣寿裤,永远是崭新的。每年一次母亲拿出来晾晒时,她的脸色是平和的,带着微微的笑容。母亲晒寿衣寿裤时,年少的我不敢去摸,不敢去碰。晒好后,她又仔细包裹好,收藏在楼上的黑木柜里。这神秘的衣物,我希望它们崭新,永远在那木柜里留着。

可是,二〇〇一年的那个暮春,那套被六月六的阳光抚摸过许多年的寿衣寿裤,过早地被我们从木柜里拿了出来,穿在了母亲的身上。隔四年,农历五月十五,父亲的寿衣寿裤也被他穿走了,来不及等待六月六的阳光。

送茶

20 世纪 80 年代初，改革的春风吹拂着湘南山区，也吹到了我的故乡八公分村，其时我已是少年，故乡开始田土山包产到户，各家从此真正有了掌控自家生产生活的自主权，勤劳致富有了盼头。似乎一夜之间，人们的精神状态也为之一新，变得容光焕发起来，脸上多了几分兴奋与笑容，做事的劲头也更大了。

村中一个最显著的变化，就是打砖、烧窑、建新瓦房的人家多了起来。建新房，搬新家，改善居住条件，是那个年代乡村人家的头等大事。与之一同兴起的，是那如沐春风般的送茶和帮人情工的新风尚。

喝茶是故乡人家沿袭久远的习俗。过节，过年，或是来了客人的日子，各家的主妇总是先泡了热茶，端了一圆盘花生、豆子、烫皮之类的茶点摆上桌面，筛茶聊天，热情待客，而后再去备办酒菜。酒足饭饱之后，收拾过的桌子上，往往又是摆上茶点喝茶，客情浓浓。便是平常居家过日子，喝茶也成了多数人的生活习惯。我从小就爱喝茶，因为我的母亲无论寒暑，几乎每天早上一起床，就是烧水泡一铜壶新茶，而后等一家人洗漱完毕，在灶桌上插了接手板，摆上碗筷，一同喝热茶，吃咸菜，嚼四时土产的茶点，围灶而食，嚯嚯有声，津津有味。

那时候，故乡人家的茶叶简单又丰富，从不需要花钱购买。所谓简单，茶叶都是各家自采自制，品相粗糙。所谓丰富，乡间许多花草树叶都可采制成茶，除了正茶（方言，指用茶树叶制作的茶叶），枫树叶、金银花、麦冬、大青叶、夏枯草、地石榴、鱼腥草、山苍子、野菊花……无不可以成为乡村人家的茶叶。

茶水消耗大的日子，自然要数夏秋季节。此时天气炎热，即便坐着不做事都出汗，在烈日下干农活就更是汗流浃背，浑身透湿了。亦因此，许多人外出干农活，或者走远路，常会带着茶水。装茶水的用具，多数是用大竹筒做的茶筒，有的用瓦茶壶、铜茶壶，或是有绿色斜跨带子的军用水壶。这时节，乡间也常有心善的老妇和老翁,专门施茶。他们用木桶挑一担茶水,放置于村旁路边的树荫下或凉亭里,过路的行人口渴了,可以随时用竹勺舀了喝。这样的场面,在赶圩日子的山道上就更常见了,是那时淳朴民风的自然流露。

刚分田到户的那些年,打砖烧窑是夏秋间蔚然成风的新景象。那时的故乡人家,若是谋划建房,先期会请了劳力打砖。砖分两种,一种是土砖,是挖了稻田的田泥打制晒干而成,这种砖头大而粗糙;另一种是火砖,通常是挖了黄泥黏土,经复杂工序打制,砖块比土砖小但精致紧密。打砖通常在"双抢"结束之后,这时早稻已收获,晚稻已插秧,乡村劳动力空闲了许多。那时村里的风气,村帮村,邻帮邻,即便三伏天打砖这样的高强度苦力活,请人的和被请的,相互间都是凭着一份人情,是不需要酬劳的,打砖的人家,只需款待他们一日三餐就行,这种方式俗称人情工,又称帮工。

打砖的日子,烈日当空,无遮无挡,挖泥、挑水、踩泥、挑泥、打砖、晒砖……样样都是重体力劳动,至为辛苦。我少年时,也曾与家人一起打过土砖。打砖的人,身上的衣服、汗巾,一整天都被汗水浸湿。茶水,便是他们随时都要牛饮几碗解渴的。

打砖送茶的风习不知起于谁家,反正就在故乡的大地上流行了。但凡谁家打砖了,村里的亲戚、房族、邻里甚至原先在同一个生产队的,就会有人在那几天先后到主家送茶。送茶的茶点,或者是蒸米粑,或是蒸包子,或是煨烫皮,或是炒花生……诸如此类,都是农家土产,是一份浓浓的盛情。送茶的人,自然多是一家主妇,用干净的笋筐或竹篮,装了丰盛的茶点,笑容满面地送到主家,表示一番祝贺。主家的妇人收下这一份茶礼,自然也是笑容满面,感谢连连!她们往往会一同去砖场,热情地邀请烈日下打砖做事的乡亲,来家里喝茶,顺便歇一歇脚。那些在砖场上干活的人,此时疲乏饥渴,见有人送茶来了,个个笑逐颜开,客气称谢一番,暂且放下酷暑里手头的工作,去好好享受一顿惬意的好茶!

除了打砖送茶,故乡送茶的新风俗,还延伸到了烧窑送茶和建房送茶。烧窑一般是在深秋或初冬,经过几个月晾晒,火砖坯子已干透,炭块也备办好了,这时就可装窑烧窑,将火砖坯子烧成真正的火砖。对一个家庭而言,装窑无疑也是大事好事,所需人力也多,所耗粮食物力也大,村邻们送茶以贺,更体现了一种相互帮衬支持的美德。

这种帮衬在建房送茶时体现得最为明显。旧时的故乡,建房多选在冬天,此时田土山上,该收获的都收获了,到了农闲期,请人帮工更容易。建房的那几天,人力多,光每餐的酒席就有好几桌。新房竣工的那一天下午,还要专门杀猪,办一场大的庆贺酒宴。单是这些花费,对于那时的农家来说,也堪称巨大。建房这几天,村中送茶的人也更多了,有的已亲送一担谷,有的人送几升米,有的送一坛红薯酒,有的送几斤肉,有的送几条鱼,有的送几个大冬瓜……总之都是主家急需的粮食和菜肴。

写到这里,我眼前恍然又见当初我家建新瓦房的场面,那时我还是小小少年,家境也堪称贫寒,正是有了众多乡邻的帮助,我家的那半栋新瓦房在一九八二年的冬天才得以建成。那几天,母亲的脸上常写满了笑容,她迎来送往,接受送茶的乡亲们送来的祝福,也发自内心地道一声声感谢!

第 三 辑

秋

七夕

进入七月，村前广阔的稻田里，晚稻禾苗已经稳苑发育，长得绿油油的，看起来十分舒畅。只是太阳的热力没有丝毫减弱的迹象，它每天明晃晃地挂在碧空里，从早到晚，灼烤着村庄和大地万物，连那盛行的南风，都烤得热热乎乎的，让人整日汗津津的，浑身难受。

相比酷热的白天，我自然更喜欢傍晚的到来。这时，太阳渐渐落下山去，成群的长尾巴喜鹊也从远处飞来，叽叽喳喳地叫着，落到村旁那些高耸云天的古枫树和古楣树上。通往江边的石板路，三三两两

095

地走着大人和孩子，各自拿着干帕子和换洗衣物，去一处名叫大湾的地方游泳洗澡。这是一天中江上最热闹的时刻，人声鼎沸，有光着屁股一个箭步从高岸上往江水里飞身跳下的；有四肢拍打水花像青蛙浮游的；有潜入水底故意拖别人的腿脚搞恶作剧的……形形色色，无不欢快惬意！我们通常要洗到月亮从东面山上爬上来才回家。

这样的傍晚一个一个过去，七夕也自然而然地来到了。

在故乡，有两个凄美的爱情故事，我从小就耳熟能详，也不知听大人们讲了多少遍。一个是董永和七仙女的故事，另一个则是牛郎织女的故事。两个故事里的男主角都是贫寒勤劳的青年农人，女主角都是美丽善良的仙女。他们的故事令人感动，也让人神往，而结局都无限悲伤：董永与七仙女，人间天上终分离；牛郎与织女，每年只有在七夕之夜，靠着喜鹊搭桥，才能相会于浩瀚银河之上。

七夕的夜晚，我们是难以在家里坐得住的，太热了，蚊子又多，更重要的是，我们希望能够在星空里看到在鹊桥上相会的牛郎和织女。在母亲烧火煮饭做菜的时候，我常与伙伴们在巷子里追逐玩耍，捉迷藏，或折了柳叶条编一个帽圈戴在头上，扮演解放军，相互躲在墙角处用石子、瓦片攻击打仗。也不忘随时仰望一下那屋顶上遥远的繁星。

跳屋也是我们儿时在星月下爱玩的一项游戏，无分男女，共同参与。那时我家所居住的老厅屋，门前是一条青石砌筑的水圳，终日满圳清流。一圳之隔的数级青石台阶下，是仁和家的老厅屋，这栋老屋在村庄最前面，前临大池塘，南侧是一个高坎，屋脚到坎边铺着平整的青石板，街边有长条石,既作护栏,又供人坐。除了塘岸边的几棵枣树、苦楝子树、杨柳树和柏树外,这里无遮无挡,视野开阔,夏秋的夜里,附近的人们最爱来这里闲坐乘凉。我们常在这里玩跳屋,将石街的每块石板当作一间屋子,单腿跳着,先踢那个状如手镯的田螺壳圈,田螺壳圈停在哪儿,就奋力往那儿跳,看能否超越过去。谁跳得更远,跳过的屋子更多,谁赢。

吃夜饭时,这里的石条上坐满了人,大家端着饭碗,一面叮叮当当地扒饭吃饭,一面说几句家长里短。饭后来乘凉的人则更多,年纪大的妇女和男子,手里总爱拿一把大蒲扇,不时扇扇风,或在光光的腿脚上拍拍蚊子。

月夜下,池塘边和稻田里的蛙鸣密集地传来,伴着虫吟,一片天籁之声。也时常有萤火虫一闪一闪地飞,发出幽蓝的微光。我们常一面追着萤火虫跑,一面高吟那无人不知的歌谣,自问自答:

萤火虫萤火虫,你到哪儿去?
我到光光土里放豆去。
什么豆?
黄豆。
什么黄?
鸡子黄。
什么鸡?
线鸡?

什么线?

禾线。

……

朗朗的歌谣,朗朗的童声,在乡村的月夜里反复吟唱,随风飘散。

讲古也是每晚月下乘凉时必有的事情。与我家同住一个老厅屋的隆仁满满是老师,他一向在周边的乡村小学教书,自然是我们这里很有学问的人。他脾气缓和,又爱讲古,玉皇大帝、王母娘娘、七仙女、嫦娥、孙悟空、如来佛、天兵天将、仙女下凡……这类故事总是那样吸引众人倾听。我记得他讲到月宫里有个嫦娥的时候,我们都仰头看那高高的月亮,大家叽叽喳喳地说着,仔细寻找着,辨认着,觉得那月亮里的模糊暗影,还真有点像是一个仙女。我有时长久地仰望着浩瀚的天空出神,希望从那遥远的月亮里,飘然飞下一个美丽的仙女来。

七夕的夜晚,星月下的话题,自然会转到牛郎织女和喜鹊上来。此时的夜空,月亮还是半轮,星光灿烂无数,那条灰白宽广的天河显现在高远的穹顶。那个凄美的爱情故事,总是让栖于凡尘一隅的我们充满了牵挂,为之感动、担忧又神往,有的妇女甚至会默默地赔上几滴眼泪,赔上许多叹息!这个夜晚,村庄处处充满了柔情,充满了怜悯,我们不时仰望那浩瀚星空,真希望能够找到牛郎织女和他们一双儿女的身影。

据说,这天晚上,我们村里的那些喜鹊,也都飞到天上搭桥去了,它们要等鹊桥搭好了,牛郎织女一家人相会了,才会飞回来。

说来也怪,旧时每年到农历七月半的前后,原本炎热干燥的天气就会阴沉起来,天空下起霏霏的小雨,有时雨势还很大,哗哗啦啦,天气顿时凉爽多了。那黑瓦的屋檐,青石板的巷子和山路,还有那山上的树木,乃至坟头的芜草,都洗过一般,清洁明亮。难怪母亲经常念叨,大旱不过七月半,七月半一到,老天就会下雨,给公公婆婆洗脚。

在故乡,"公公婆婆"一词,更多的是指逝去的祖先。尤其在七

099

月半这个节日，乡人一说公公婆婆，那就是指自家的亡亲。在我们家，我童年的脑海里，那想象中的公公婆婆应该就是我的爷爷奶奶。只是我父亲是遗腹子，在父亲年少的时候，我奶奶也去世了。因此于我而言，我是无缘见爷爷奶奶的。不过有一回，我在梦中看见他们了，他们穿着黑衣黑裤，面容慈祥，爷爷脸略丰满，头上戴着黑帽，奶奶面颊清瘦，头上戴着黑帕，他们就站在我的床前，说是我的爷爷奶奶，是来看我的，叫我别怕。这一梦境，我记得非常清晰。醒来后，我跟父母讲述，他们一致说那就是我的爷爷奶奶，是来保佑我的。爷爷奶奶的这个形象，从此就在我心中定格了下来，是我那时最亲近的家神，是我家神台上的公公婆婆。

我爷爷奶奶的坟墓，我是知道的，因为每年清明节，父亲就会带我去上坟扫墓。爷爷的坟墓在一个名叫山头冲的小村旁边，那里离我们村庄有三四里路；奶奶的坟墓就在我们村后，一处名为冲古园的山脚下，紧挨着园土。

接公公婆婆是村里每户人家的大事。按照村俗，迎接公公婆婆一般是在农历七月十二的早晨。这一天，我的母亲会起个大早，一番洗漱之后，在厅屋的神台前烧纸焚香，点一挂爆竹，低声念叨："公公婆婆，七月半了，你们到家来过节。"热烈的爆竹声和缭绕的香烟，就是为了让那些山岭上的公公婆婆们获悉家中子孙的邀请。

从七月十二到七月十四，村中家家户户都有贵客，一派喜庆的样子。这几天，赶圩的人特别多，到圩场上称一两斤肉，或者买一条鱼，本地的时鲜枣子和青皮梨子有卖了,也买一点。村里的那些碓屋,捣米粉的妇人也多,用来包肉饺粑。还有人摘了粽叶,用来包粽子。家里养了鸡的,肯定会杀一只鸡。这些好菜、水果、米粑、粽子,乃至自家的炒花生、煨烫皮,都是用来供公公婆婆的。

我童年时期,是在老厅屋度过的。同住这栋老宅子的,一共有五户人家。大家供着一个神台,都各在自家门口旁摆着一张供桌,每到供茶供饭之时,各家都是一样的虔诚,就仿佛那些空着的桌旁长凳上,都坐满了家家户户的公公婆婆。

这段日子,村里的禁忌也多了。做菜不能用泥鳅、黄鳝,在公公婆婆的眼里,那是蛇;妇女不能做针线,以防那长线绊着公公婆婆的脚;小孩夜里不要外出,在野外做事的人,过了午后要早点回家,免得运气不好,碰到了孤魂野鬼;每餐新做的饭菜,不能品尝,要供过公公婆婆后,我们才能吃……

七月十五,是送客的日子。一大早,村里人家的爆竹声此起彼伏。我的父母同样会起一个大早,在供桌上摆上茶点、米粑或者粽子,烧了纸钱香烛,放了爆竹,送公公婆婆趁着清早凉快上路。

村里人迷信,他们相信在各条通往山间的小路上,也许就行走着各家的公公婆婆,他们提着子孙后代送的礼品,带着诸多的钱物,心满意足地向着芜草青青的坟墓缓缓走去,那是他们千年安息之所,那里有他们永远的村庄,有他们永远的家。他们也许会不时回过头来望望,看那些熟悉的瓦房和亲人,那是他们永远的牵挂。

中秋节

一双布满皱纹的老手小心地伸入簸箕,揭下白嫩油滑的一个糍粑放入我的手中,顿时,我空着的双手变得温热,一年的渴望此刻如中天的朗月得到了圆满。我往尖角处咬下一口,稠热的糖水裹着黏糊的糍粑便塞满了口腔,几经咀嚼,咕噜吞下,一股甜香从嘴角荡开,化为满脸笑颜。这是我记忆里,儿时中秋夜最愉快的时候。

小时候,故乡的中秋节是一个非常隆重的节日,捣糍粑,吃月饼,赏月,是这个传统佳节的独特习俗。许多人家,也会趁着这个节日,迎接外嫁的女子回娘家过节。

记忆中,那时候的月饼十分坚硬,需要用菜刀才能砍开。每年临近中秋节,母亲就会从村对面的油市塘供销社买来几个月饼。等到中秋节的夜里,一家人坐在屋旁的禾场上赏月时,母亲把几个月饼分别砍成两半,装于一盘,置于桌上。在明亮的圆月下,一家人围坐一起,吃月饼,吃糖糍粑,吃炒花生,一面轻言细语地说一些家常,眼前田野空蒙,溪水潺潺,萤飞风清,真是无限美好!

不过,真正让我最难忘的中秋夜,还是我第一次能帮母亲捣糍粑的那次。

家乡的习俗,八月十五捣糍粑。离中秋节还有几天,村里各个房族陆续有人搬出尘封了一年的糍粑槌和青石臼清洗,我的母亲自然也准备好了新糯米,买了红砂糖。

那一年我大约刚上初中,我的父亲已近七十岁。中秋节捣糍粑这个属于男人的力气活,让我母亲很是纠结,而我还不曾意识到这是个问题,只知道往常中秋夜,每当赏月之时,温热的糖糍粑就会出现在眼前。

中秋那天下午,母亲早早把糯米蒸上后,就出去帮人家出糍粑和压糍粑,更重要的目的是去排队,帮别人干活后轮到我家时,有人帮着捣糍粑。出糍粑是门技术活,糯米在石臼里捣烂后,又烫又黏,一般人不敢也不能徒手将一大团热糍粑从石臼里一次性起出来,弄不好双手都会烫伤。我母亲是出糍粑的好手,她洗净手擦干,用手指从油碗里蘸上茶油,手掌手背揉搓几下,伸出双掌,沿着石臼内壁四周一番麻利地插入,将糍粑与臼壁剥离,而后几个旋转,像连根拔树一般,将一整团糍粑从臼底起出,摔在垫了干净薄膜的桌面上,动作一气呵成,干净利落。紧接着,她抱起这大团热糍粑,不停地翻转拍打,发出一片噼里啪啦的响声,最终拍打成一个洁白油光的大圆球。每当这时,我看见母亲的手掌即使被烫得通红,母亲也在人们的赞叹声中露出满足的微笑。之后,母亲和几个妇人趁热把大圆球截取揉成一个个鸭梨状的小圆球,用手掌一番按压,就成了一个个大小均匀的圆圆的糍粑。若是在圆糍粑中间放些砂糖,对折包上,便是一个个半月形的糖糍粑。

因为捣糍粑的人家多,母亲往往帮别人出糍粑和压糍粑到将近半夜,才轮到我家。这时,看热闹和捣好了糍粑的男人和妇女多已离去,逼仄的屋檐下显得空旷了许多。母亲把蒸了一天的糯米饭倒进石臼后,环顾一周,见没有男子主动来帮忙的样子,就要我来试试。我双手握着比我还高的糍粑棰往上一举,顿时感到异常沉重。在母亲和周围人的指点下,我蹲成马步,一边用力一棰一棰笨拙地往石臼里捣,一边围着石臼转圈。当糯米饭渐渐变成黏糊糊的糍粑,强大的黏结力已经让我几乎提不动糍粑棰,而且一双手掌起了水泡,火辣辣的痛,腰也酸痛得直不起来。母亲堆着笑脸,叫了周围看热闹的男子帮忙。在一声声有力的捣击之后,糍粑终于捣成。

当簸箕里放满了一个个圆糍粑和少数糖糍粑,一天的辛苦总算有了收获。我清楚记得,母亲端着簸箕走在前面,我随后跟着,这时,通往家的石板路上就我们两人,溪水在浅浅歌吟,村前的稻田弥漫着朦胧的雾气,天上一轮圆月当空,云少星稀,黑黑的村庄已沉浸在香甜的秋梦里。

推门进入家中,母亲把父亲和姐姐从床上叫了起来。在敬了祖先之后,我们开始品尝温热的糖糍粑,在明亮的月色下,甜香的滋味荡漾在我们每个人的脸上。

认亲

儿时起,我就经常听父母和大姐念叨一个人的名字,他就是廖宗林,与我大姐以兄妹相认的哥哥。几十年来,每每说起他,父母和大姐口中全是掩饰不住地念叨他的好,末了,他们总会惋惜地叹一声:"就是死得太早了!"

在故乡,向来就有认亲的习俗,认亲娘,认亲爷(方言,即亲爹)。认亲的缘由,多半是因为孩子小时候病痛多不好养育,找算八字的先生一算,说是命途多舛,需要寄名认亲,也就是把这个孩子在名义上给神

灵、自然物或别人家作子女,借由他们的保佑,方能养大成人。找神灵、自然物认亲,这倒好办,请村中的老学究写一张寄名的红纸花名册(也叫寄名帖),在某个吉时贴于灶王爷、土地神的神位或山石、古柏等处,献上贡品,点了香烛、纸钱,放一挂鞭炮,一番虔诚跪拜,这仪式就算成了。若是要认命好的人家为亲,这倒比较为难,因为照风俗所言,这是借别人家的好命运,别人也会有所顾忌,一般不会轻易答应。

我的母亲自从生下大姐荷花后,后面有几个子女先后都早早夭折了,直到大姐上小学三年级时,还只有她一个孩子。不过令父母欣慰的是,大姐聪明善良,长相姣好,又好学懂事。那时,我们村旁的宗祠里办了学校,有两个班,分别是三年级和四年级。(一年级和二年级在邻村羊乌,五年级则要去十里外公社所在地西禅完小。)大姐上学比较迟,等她读三年级时,差不多十一二岁了。学校有两个老师:一位周老师,是本地人,他家与我们村相距四里,每天放学后他就回家;另一位新来的青年老师便是廖宗林,是个远地方的人,他平时吃住在学校,还在宗祠旁开辟了一块小菜园。

那是一个秋日的下午,大姐放学后,像往常一样提着竹篮到村边扯猪草,在宗祠边的园土旁,恰巧遇着教她语文的廖老师在园子里摘菜。廖老师叫住大姐,与她交谈起来,又问了一些家庭情况,还摘了一些菜叶给大姐作猪草。令大姐意外的是,廖老师竟然亲切地问她:"我想认你做妹妹,你愿意不愿意?"大姐高兴得脱口而出:"我愿意!"

回到家,大姐把这事告诉了父母,父母也很高兴,便打发大姐去叫

107

廖老师来家里坐。我的父母一向就热情好客，对老师自然是格外尊重，当晚就执意留着年方二十几岁的廖老师吃饭。交谈中，父母了解到，廖老师家在永兴县城郊外一个名叫白鸡洞的小山村，距离我们村庄有近百里，他父母双全，年龄比我的父母要大不少，此外还有一个伯父。廖老师说，他的父母育有三子，也很想认一个干女儿，而他也很喜欢这个可爱的学生，因此想认作妹妹。我的父母自然更是欢喜，当即就同意了。几天后，廖老师专程回家，跟他的父母说认亲的事，那边的二老也同样很是高兴。

　　在故乡，认亲是一桩大事，需举行一种礼仪。不久之后，我的父母备办了两份认亲礼品，一份给廖老师的父母，一份给廖老师的伯父，带上我大姐，一道跟随廖老师来到他的家乡。廖老师的家乡多竹，他的伯父是一个老篾匠，膝下无儿女。廖老师在家排行老二，有一兄一弟。在行了认亲礼仪后，廖老师的父母成了我大姐的亲爷亲娘，他们给大姐另起了姓名廖寄彩。三天后，我的父母和大姐返回时，廖家回礼，除按风俗给我大姐买了一只碗、一双筷，置办了全套新衣裳鞋袜，以示添丁外，还送了一百只红鸡蛋，一百只红鸭蛋，一百个包子。这样一份礼物，在二十世纪六十年代中期的湘南乡村，已是十分厚重。此外，宗林哥还带着我的父母和姐姐逛了县城，并买了一块刻有菊花图案的镇书条石送给我姐姐，鼓励她好好学习。从此，我们两家成了亲戚，宗林哥对我的父母以二爷（方言，即二爹）、二娘相称。

　　此后的岁月里，我们两家人多有走动。我的父亲去青山垄修水库时，往返要从永兴县城经过，他都会顺便绕道去白鸡洞歇脚，看望那边的老兄嫂。宗林哥的父亲和弟弟宗民也数次来我们家走亲戚。我的二姐贱花出生时,宗林哥的伯父特地编织了一张四周带围栏的婴儿竹睡椅,托宗林哥带了来作为贺礼。在我们村小任教期间,宗林哥课余常来我们家帮着我父母做农活。有一次,他带了未婚妻来,与我们一家人相认。我的父母也像待见新儿媳一样,很是喜爱,按我们当地最高的礼俗,捣糍粑迎接她。当年他们俩结婚时,宗林哥又将我的父母和大姐接到他的家乡喝喜酒。

宗林哥只在我们村教了两年书就被调走了。后来听说他突然患了重病,先是在郴州住院,后转到永兴县人民医院。虽几番辗转,却最终没能挽救他那青春正好的如花生命。而在宗林哥不幸去世之后,他那年老的父母,也因为过度悲伤,相继故去了。

大姐十八岁那年,作为乡村卫生员,经大队和公社的推荐,去郴州卫校进行为期半年的学习。在永兴县人民医院实习时,她特地去了一趟宗林哥哥家。在那山路边简陋而凌乱的瓦房里,她只见到了当时尚未改嫁的孤苦嫂子,再也没有了那个和蔼可亲的哥哥,没有了那两位慈祥的亲娘和亲爷。

而我的父母,在之后的几十年里,一直念念不忘白鸡洞村那善良友好的一家子,也让我从小就知道,我还曾有过这样一位好哥哥,有过这样一门有情义的远亲。宗林哥带来的那张竹睡椅,我的二姐睡过,传到我三姐,再传到我,睡得通红发亮。我的大姐成家后,这张竹睡椅又被她搬了过去,先后睡大了她的四个子女,至今不舍得扔掉。

走亲戚

亲戚之间,走着走着,就亲了;一直不走,也就渐渐疏远了。

旧时的故乡,是一个人情浓烈的社会,一些古老的节庆风俗,更是成了亲戚之间相互往来的纽带。从正月到腊月,走亲戚的习俗贯穿了一年的始终。在故乡,走亲戚俗称走人家,是我童年记忆里倍感温馨的一段时光。

按血缘关系,亲戚分为己亲和旁亲,己亲有着直接血缘,诸如兄弟姐妹、舅甥等，旁亲则血缘关系隔得远一些，甚至没有血缘。通常而言，走亲戚，多是己亲之间的相互往来。亲戚的多寡，则因家庭而异，父母双方，兄弟姐妹多的，亲戚就多。就我们家来说，那时的亲戚不多。

我的祖父先后两娶，育有一女两男，父亲最小，与我伯父是同胞兄弟，姑姑与他们同父异母，是我大奶奶生的。姑姑嫁在本乡的另一个村庄，可在我童年时代，她早已去世。她的儿女，在我记忆中从未来我们家拜过年走过亲戚，我也从未见过他们的面。偶尔父母说起他们的名字，我一无所知，父母有时也会责骂一句："这忘了眼的！"（方言，意指薄情寡义，忘记了恩情）虽说两个村庄相隔才五六里路，可以说这门亲戚聊胜于无，早已断了。

外公也先后两娶，生下一女一男，即我的母亲和我的舅舅方成。母亲和舅舅是隔母的姐弟，舅舅比我母亲要小十几岁。我亲外婆的娘家，也人丁稀少，只有两女，另一个是我母亲的满姨，也就是我的满姨外婆。而满姨外婆和满外公，膝下没有亲生子女，只招了本房族的一个孤儿作继子，就是仁保舅舅。如此，我家常年能走动的己亲也就两家，一是我母亲的娘家，再就是我满姨外婆家。

母亲的娘家在小车江村，距离我们村有十几里山路，往返的石板小路，要途经西冲、凫塘、竹园、古楼下、社背几个大大小小的村庄，过几座凉亭。小车江村是一个青砖黑瓦的邓氏小村，村前稻田广阔，一条溪流从田野间穿过，村后则傍着一座小山。舅舅的家门口，就是

111

进村的石板路，路边有几口小池塘，塘岸多树，其中一棵柚子树十分高大。这塘水不太深，塘里多田螺，我夏日间跟随母亲来舅舅家走亲戚时，常爱脱光了衣裤下到池塘里摸田螺。在村里，外公的家族共有堂兄弟四人，他排行老三。大外公住在村旁的老水井边，那里有几棵高大的苍苍柏树，二外公家在我舅舅家隔壁，四外公家离得略微远一点。到我童年时，四个外公和几个大舅都不在人世了，有三个老外婆还健在，各家真正为主的，已是舅舅辈或表哥辈了。

旧时故乡一带的风俗，正月拜年，是由男子带着子女去岳母家，这也是一年中最隆重的一次走亲戚。在小车江村，舅舅家族向来都是一同待客的，各家的女婿都约定在同一天去拜年，这样好安排酒饭，聚着也热闹。有好些年，父亲去外婆家拜年总会带着我，我也就认识了更多的亲戚和客人。那时舅舅家族的客情好，拜年的两三天里，我们每天被各家轮流请去吃饭，席面通常要开两桌，父亲和男客们似乎整天就是喝酒，大家相互间劝酒劝菜，拉着家常，气氛热烈，个个红光满面。他们一餐酒席吃下来，往往要几个钟头，而刚吃罢酒饭，舅妈或表嫂们马上又擦了桌子，摆上满满的年货，泡了热茶，招呼众人吃茶。有时，半夜里还被请去吃宵夜。在我的记忆中，那几天真是一年中最饱的日子，小小的肚子里，装满了种种好东西，整日都鼓胀鼓胀的。

那时候，因条件所限，我们拜年所带的礼物其实很简单，最体面时，也无非是给每户亲戚一封片糖外加一封冰糖，这也是故乡一带人家通行的做法，而我们收获的尽是满满的盛情。

到小车江外婆家拜过年后，父亲又会带我们去满姨外婆家拜年。满姨外婆家在界牌村，离我们村有八九里路，只是山路更崎岖，那是一个邓氏大村，可我们在这里却只有一家亲戚。亦因此，我们一般只在满姨外婆家住一晚，第二天就返回。

正月十五，是乡间接女子回娘家过节的日子，通常这天早上，舅舅就会来我们家接母亲。我是家中最小的孩子，自然又跟随母亲去小车江走亲戚，再次住上几天，好吃好喝，玩得开心。

一年中，还有几个日子，也曾是故乡重要的节庆。农历二月初一，俗称二月祈，这天家家户户蒸碱水米粑喂食鸟儿，祈求丰收，人们也常常在这个节日，迎接长辈亲戚来过节；四月八，是未成年孩子的节日，家家户户煮红蛋，而早几天，亲戚之间，往往就会给对方的孩子送去成双数的鸡蛋或鸭蛋，是为送节。此外，五月端午，八月中秋，九月重阳，腊月小年，亲戚之间，也常往来走动，亲情浓浓。

童年时代，通往小车江和界牌的两条长长山路，我跟随父母，伴着姐姐，也不知走过了多少回。无论寒暑，每次走出家门，踏上去舅舅家或满姨外婆家的路，我的心情都是愉悦的。目标就在前方，我兴奋地走着，每过了一个村庄，一架石桥，一座凉亭，每穿越了一片田野，翻过了一座山岭，目标就更近了。当那熟悉的村落出现在眼前，心中顿时涌起一阵激动，走累的脚步又变得轻快起来。

重阳节

村旁的迟桂花盛开的时候,重阳节也如期而至。

乡谚说,"重阳酿酒桂花香"。旧时的故乡,临近重阳节的那几天,酿糯米酒的人家就多了起来。这时节,天气晴朗,秋高气爽,天气不冷不热,最适合酿糯米甜酒。同村里的许多妇女一样,我的母亲也是酿酒的好手,对于传统的酿制工艺,自是了然于心。即便是我,小时候看多了母亲酿酒,也觉得不是什么难事,无非是将糯米浸泡后,滗干水分,上甑蒸至刚熟,便倒出来摊开在簸箕里晾着,米饭看起来粒粒可数，待其凉透后，再掺上自制的酒药粉，拌均匀，而后装入清洗晒干的瓦瓮或酒缸，拍打平整，表面中央做一个浅浅的圆酒窝，最后捂盖严实即可。一两天后，糯米酒就酿好了，洁白如玉，芳香四溢。再采摘一些金黄的桂花来，撒在糯米酒里酿着，吃的时候就更香了。每次新酿了重阳酒，母亲敬过神后，就会给我们每人装一碗吃，真是太香甜了！

曾有好些年，临近重阳，母亲就会接了满姨外婆来我们家过节。母亲常说，看到满姨外婆，就像看到她自己的亲娘一样。

在故乡，重阳节又叫敬老节。尊重长辈，孝敬老人，也是父母向来对我们的教育和要求。在我童年里，父母给我们讲古，诸如黄香温席、董永卖身葬父……许多故事就是关于人伦孝道的。对于我们家来说，我的父母尚在童少年时期，我的祖父祖母和外婆外公就去世了，因此我们家向来没有老人。许多年来，我们家最亲近的老人，便是满姨外婆。

满姨外婆姓刘，她的娘家就是与我们村仅一岭之隔的西冲村，她没有兄弟，只有两姊妹，上面的姐姐就是我的亲外婆。在我母亲两岁时，我的亲外婆就病逝了。母亲的童年，有很长时间是在西冲村度过的，那时满姨外婆还没有出嫁，而我的外公又经常在外做点行脚商的小生意，无暇照顾母亲，母亲便跟随满姨外婆生活，由她抚养。几年后，满姨外婆出嫁，外公也娶了后妻，母亲又回到了她的出生地，从此饱受后娘的虐待，经常挨打挨饿。曾有一回过节时，因母亲从碗里

115

夹了一块肉吃，被后娘硬生生从嘴里抠了出来，将嘴撕烂，鲜血淋漓。后娘还不解恨，又在她的左上臂狠狠咬了一口，将那一口皮肉几乎咬下。童年里，我经常听母亲哭诉她那苦命的经历，看她手臂上那个一辈子都留有深深齿痕的大伤疤。母亲十八岁那年，嫁给了我的父亲，在往后的漫长岁月里，满姨外婆是母亲最敬重的至亲，母亲想她亲娘时，就去看望满姨外婆，或者将满姨外婆接到我们家来住上一些日子。

满姨外婆所在的村庄叫界牌村，俗称界牌洞，距离我的故乡八公分村大约有八九里路，位于永兴县洋塘乡与桂阳县东成乡交界处桂阳一侧。我童年的印象里，满姨外婆头发花白，总是穿着黑衣黑裤，常年戴着箍头的黑布圈，布圈前面镶嵌一颗绿色的宝石，若是冬天，她的头上还整日罩着一块黑帕子。满姨外婆背有点驼，眼睛怕强光，常掏了随身手巾擦拭眼睛，但她精神尚佳，很爱干净，又和蔼，是我们家最亲近的老人。我至今都记得满姨外婆叫我时的慈祥模样，我小时候名叫青和，她老是叫成"春和啊——"，拖着长音，饱含了怜爱。

遗憾的是，满姨外婆一生没有生育，她们两姐妹，只有我母亲一根独苗。年轻时，满姨外婆与满外公收养了一个继子，并供他读书，就是仁保舅舅。小时候，母亲经常带我去满姨外婆家走亲戚，她家住在村前的月塘边，屋旁有一颗古槐，是一个风光美好的所在。那时，仁保舅舅已是中年，他个子很高，身材单瘦，曾当过大队干部和民办老师，是村里公认的能人。仁保舅舅生有四女一男，老大是与我三姐年龄相仿的娥英姐姐。娥英姐姐长相清秀，书也读得很好，又最孝顺满姨外婆，是满姨外婆十分疼爱的孙女，我也喜欢跟她玩。

从界牌到我们村，所走的山路经常要上坡下坡，而且坡度很陡，台阶又多。而满姨外婆又是一个有着三寸金莲的小脚老人，行走起来，歇歇停停，很是不易。每次母亲专程去接她，早晨从我们家里去，要半下午才搀扶着满姨外婆回来。亦因此，母亲在重阳节接了满姨外婆来，总要留她多住一些日子，以尽点孝心，有时要住上一个多月才送她回去。母亲常对我们说，她是满姨外婆拉扯大的，这份恩情永远不能忘记。

那个年代，乡村生活尚很清贫，我们家更是如此。即便过重阳节，也不过是母亲在赶圩日，称一两斤猪肉来，剁成葱肉馅，捣了米粉，做一顿一年难得吃几回的肉饺粑，酿一缸香甜的糯米桂花酒，此外并无珍馐美味孝敬满姨外婆。但父母对长辈的那份恭敬和孝心，那份习以为常的诚恳与热情，一言一行，像金秋暖阳一般，让家庭充满了人伦的温馨，也润物无声地塑造了我们的心灵和品性。

过生日

母亲和父亲,一个出生在盛夏,一个出生在暮秋,可搜遍我的记忆,他们都不曾庆祝过一个像样的生日。

乡村的门联中,"人寿年丰""寿比南山"之类的词语,使用频次非常高。虽看起来显得俗套,却也真切寄托了人们对健康长寿的美好愿望。

旧时的故乡,限于医疗条件和生活水平,能活过六十岁已是长寿,能活过七十岁的,正应验了那句古话,"人生七十古来稀"。即如我们家,我的爷爷去世时,我父亲还是遗腹子,我的奶奶去世时,父亲才十来岁,我的外婆去世时,我母亲才两岁多,而我出生前,我的外公也早不在人间,我的这几位祖辈至亲,都是在中年就亡故了。至于我那几个早夭的哥哥和姐姐,他们的生命之花也都定格在了稚嫩的幼年,一直以来,是我父母的至痛。生命是如此的脆弱,因而尤为宝贵。庆贺生命的延伸,没有什么比过生日更具有仪式感。

在故乡,生日有大小之分。小孩子满一周岁,以及十岁、二十岁……六十岁、七十岁……这些生日,称为大生日,其余的则是小生日。小生日年年有,大生日十年一次。村中若有人家办生日酒,定然是家中有人过大生日。故乡的习俗,三十岁、四十岁,正值年富力强的年龄,运气正旺,是不办生日酒的。亦因此,乡村办生日酒,多取人生的首尾两端。满一周岁,祝愿幼小生命如花绽放;满十周岁,从此已是少年;满二十岁则意味着长大成人,是家中的一根能担风雨的梁柱了。而给六十岁以上的老人过生日,则称祝寿,期盼老人福如东海、寿比南山,所办酒席,俗称寿酒。

我的记忆中,小时候母亲给我们姐弟过生日,是无比美好的时光。那时,我们姐弟四人,大姐已出嫁。母亲对我们的生日总是记得十分清楚,一年里,遇着我和二姐、三姐过生日,她总会拿出那只又黑又粗糙的小砂罐,添上水,里面放四只鸡蛋,架在柴火灶上煮熟,而后夹入碗中,染上红色,就成了鲜艳的红鸡蛋。当天过生日的,会从母亲手中拿到两只红鸡蛋,没过生日的两人,则一人一只。如此,我们

119

三姐弟无论谁过生日，都能吃到母亲煮的红鸡蛋，都很开心。过生日这天，母亲总会设法做一碗好菜，或是煎蛋，或是平素积攒下来的干鱼、干泥鳅，偶尔也会从圩场买一点边角碎肉。在那简朴的岁月里，这些都是平时难得吃到的佳肴，足够我们开心一段时日。

过十周岁是人生的大事，村中的习俗，做母亲的往往事先就会找算命先生给孩子算个八字，看是否需要挂红。挂红是故乡久远的传统，于庄重的场合，由长辈将一块四方的红布披挂在孩子的肩头，说一些吉祥的祝福语，据说能走好运，很有仪式感。过大生日挂红，一般在早晨太阳升起之时，红日高照，天人合一，充满了生机。我脑海中至今仍依稀保留着过十周岁生日时，父母给我挂红的场面：一张方桌摆在厅屋神台前，我端坐于上席，父母和姐姐们围坐着，桌子中央摆了一圆盘吃的茶点，一块干净的红布罩在上面，桌子四周摆了碗，母亲都斟上了新泡的热茶。此时，阳光从大门和天井照进来，和煦又温暖。在喜庆的氛围里，父母放了鞭炮，揭了圆盘上的红布，满脸笑容地披在我的肩头。在亲人祝福和勉励的话语里，我仿佛一下就长大了许多。

只是我出生于农历二月初十，正值春雨时节，过生日时能碰上出太阳的日子，实在不多。以后随着我上中学并开始住校，在家过生日的次数日渐稀少。我的二十周岁是在远离故乡几百里的湘潭过的，那时我在湖南省建筑学校上学，即将中专毕业。那天恰逢星期天，又是大雨，而我的饭菜票都没有了，家中的生活费还没寄来，身无分文。

120

我躺在床上,同宿舍的同学已纷纷吃过早餐从食堂回来,问我怎么不去吃,我说不想吃,继续躺着。我也曾想向他们借点饭菜票,却始终不好意思开口。直到同学们又陆续吃中午饭了,我肚子饿得咕咕叫,这才起床,趁着人少时,向一个同学借了几张餐票。这是我此生记忆最深刻的一个大生日,我终于能够真切体会到母亲半辈子的窘迫,许多年来,为了养育我们姐弟,为了供我读书,在缺米少钱的日子,她无数次走出家门,走村串户向村里人家求借,那该是多么的无奈和不易!

尽管我们的生日父母年年都记得清清楚楚,可是在我的童年、少年和青年时代,我甚至连父母是哪天生日都不知道。事实上,几十年来,我几乎没有关于父母过生日的记忆。我也偶尔问过母亲,可母亲或是说他们的生日有什么可过的呢,或是说已经过了,将我搪塞过去。又或者父母也曾告诉过我,只是我不曾放在心上,时间一长就忘记了。我是许多年后,才知道并记住母亲的生日是农历六月二十五,父亲的生日是农历九月初五。

二十岁那年,我中专毕业后分配到县城的一个建材厂工作。此时,父亲七十六岁,母亲五十八岁。我原本以为,参加了工作,有了收入,从此就可以帮助家里,让年迈的父母好好歇歇了。可不曾想,才过了几个月,这个国营小厂就走到了停产歇业的地步,我实际上处于半失业的状态。为了谋生,我有时到外面打零工,更多的时候,是回到乡村,跟着父母务农。这样的日子,差不多持续了三年的时光,是我人生最穷困潦倒的时候。父母也因为我的遭遇，充满了忧愁。

以后，因为机缘，因为我所学的城镇规划的专业，我意外被调换了单位，工作和生活从此有了起色，也在县城娶妻安了家。我女儿出生满月的那天，我和妻儿回到了故乡，父母在我们家瓦房的厅屋里办了一桌酒席，为我女儿庆贺。在酒席上，年过八旬的老父亲因为激动和高兴，竟然哭了起来，这也是我此生第一次看到父亲流泪。父亲说，他八十多岁，终于盼来了自己的孙女。

我曾想，等母亲七十岁，等父亲九十岁，我也要给贫寒和辛苦了一辈子的二老各办一次寿酒，给两位老人祝寿，热热闹闹的，也让他们漫长的人生里终于有一回风光时刻，就像村里许多祝寿的老人那样。可是，母亲在二〇〇一年暮春，就病故了，此时距离她七十岁生日还有几个月。而父亲九十岁的寿酒也终没有办成。

我一直欠父母一场乡村祝寿，此生无法弥补！

进朝门

在故乡,昔日建造传统民居时,第一要务便是定朝向。而正大门的朝向,又是重中之重,代表了整栋房屋的朝向。朝向好,朝山远,寓意子孙发达,志向远大。亦因此,在方言里,朝向有时也叫志向。

建房定朝向,俗称竖大门,通常选在开工当日天未亮之前的某个吉时,由砌匠师傅、木匠师傅和屋主诸人,趁着夜深人静,来到事先已平整好的宅基地,一番化纸焚香、放鞭炮敬神之后,将一对青石大

123

门墩和一条青石大门槛，移到地基上的正大门位置并安放好，再将门楣上钉了红绿蓝三色布的新大门架竖立在石墩上，调整好朝向，前后各用两根长木撑将其固定。天亮后，工匠们自大门两侧开始布线行砖，一栋翘檐飞角马头墙的湘南民居正式开始兴建。

众多的民居汇聚成村，代表一个村庄朝向的，便是朝门。并非每一个村庄都有正式的朝门，但在湘南山区，大的村庄通常都在村前建有一处朝门。我的故乡八公分村，是一个黄姓大村，同村旁的黄氏宗祠一样，朝门也是一处神圣的所在。

故乡坐西朝东，朝门位于村前的月塘边，大致朝向东南的远山。此处场地开阔，池塘、水井、田畴、江流、山岭及附近的村庄尽在眼前，风景美好。月塘岸边有许多大树，尤以柏树和垂柳居多，繁荫覆盖，一派苍翠。沿着塘岸，是村前长长的青石板路，一条蜿蜒的小溪圳与之相依相伴，清澈的溪水流淌不息，妇女和姑娘常在溪圳边洗猪草，洗衣物。朝门临溪而建，自成系统，主体建筑包括前门、中门、廊道，古朴端庄，雕龙画栋，十分精美，可惜毁于二十世纪"破四旧"的年代。我有记忆时，这里只剩空阔的场地，连同朝门口的一段溪圳上，全部铺满了青石板，几道长而光滑乌亮的青石门槛，众多或圆或方的青石墩，显示了这里曾经的气度不凡，幸运的是，尚有一段青砖黑瓦的廊道得以留存。廊道靠墙两侧有供人闲坐的青石条，中间是石板路，连通村里的巷道，平日里，附近的村民，以及那些鸡狗鹅鸭，经常从这里进进出出。

朝门是村里人最喜欢聚集的地方。一年四季,这里每天都人气兴旺。尤其是晴好的日子,在农活之余,人们总喜欢来这里站一站,坐一坐,歇一歇,谈天说地,讲古论今。有的人,即便端着一碗饭,也要走到这里来吃,一面吃,一面与人说话,津津有味。孩子们则把这里当作了玩耍的乐园,无论白天还是月夜。外来的行商,卖鱼苗的,卖豆腐的,卖肉的,卖应季果子的,补锅的,补鞋的,整桶的,收鸡毛鸭毛,甚至算命的,打渔鼓的,都会在这里停下脚步,摆开阵仗。他们的到来,自然会让这里的氛围更加热闹而生动。

日常里,朝门就是这样一个充满了生活趣味的场所。但在重要的时刻,庄严,才是它本质的面目。在故乡,进朝门乃是一项重要的仪式,关乎人生大事。

旧时的故乡,每年到了冬闲,就常有人家娶亲。当长长的迎亲队伍出现在村前的江边小路上时,朝门口已聚满了迎接和看热闹的人。渐渐地,那喜庆的队伍,过了石桥,穿行在蜿蜒的田间石板路上,朝村庄走来,抬抬盒的,抬嫁妆的,挑箩筐的,陪新娘子走路的,红柜、红箱、红铺盖,一行人满面喜悦,风光无限。当他们快要到达朝门口时,迎亲的鞭炮已然炸响,接亲的人笑逐颜开,领着新娘子一行人从朝门进村。故乡的风俗,新娘子进了朝门,跨过了朝门那几道矮矮的石门槛,从此就是这个村庄的人了。

进朝门最具观赏性的,自然要数春节期间神狮子进村。在我童年时代,故乡一带的许多村庄,都有舞狮队。舞狮分两种,一种叫单狮子，一种叫神狮子。舞单狮子，狮头小，人数少，响器就一面小锣，以表演武术套路为主。舞神狮子，不仅那个狮头硕大雄壮，人数也众多，铙、钹、锣、鼓、喇叭，全套乐器齐备，表演的内容更为丰富，关键是进朝门、进祖厅、进宗祠，都要唱段，就像演戏一般，尤为乡人所喜爱。当外村的神狮子来到我们村，第一件事，便是进朝门。此时，朝门口鼓乐齐鸣，人山人海，最是欢庆热闹。

神狮子进朝门，可没有新娘子进朝门那般轻易。我们村的人，会笑闹着故意堵在朝门口，不让神狮子进。那舞狮的队伍，非但不会不高兴，这时反而更加兴奋起来，为首的人见状，便开始乐呵呵地唱段了。他每唱罢一句，响器配合着敲打，节奏明快。每四句或六句为一段，一段唱完，包括喇叭在内的各种乐器齐奏，曲调更长、更悠扬了。几段唱完，村里人才让神狮子行进几步，然后又拦住，又要他们唱段。拦的人高兴，唱的人高兴，听的人更高兴，各个人的脸上都荡漾着笑容，真是个全民同乐的时刻！许多动听的唱词，我至今记忆犹新：

狮子脑壳上一点青，来到贵村贺新春。
贺起新春大发富，发富发富发人丁。
发起人丁千万口，发起富贵万年长。

狮子脑壳上一点黄，来到贵村有内行。
内行师傅来指教，新学弟子抱出场。

狮子脑壳上一点红,两边站起人丛丛。

中间开大路,让我神狮子好上场……

少年时代,欣逢改革开放,我也通过高考离开了故乡,在外成家立业。而时代的前进,也让许多曾经的乡风世俗成了过往,不复存在。有很长一段时期,进朝门这古老的仪式,在故乡消失了。

我此生第一次正儿八经进故乡的朝门,已是中年。那一次,正值秋冬之交,村里的新朝门落成,故乡举行隆重的祭祖大典,全村在外工作的人,以及出嫁的女子,都受到了热情的邀请。那天,故乡以进朝门的礼仪,迎接所有回乡的游子。当我带着家眷走在村前的石板路上,在乡亲郑重其事地导引下,在鞭炮和鼓乐声里,走进朝门的一刹那,我顿时感觉到了一种神圣的庄严,泪水不由地就涌上了眼眶。

开宗祠

在湘南山区,每一个聚族而居的大村庄,其最具代表性的公共建筑,一是朝门,再就是宗祠。这两处地方,神圣而庄严,是一个村庄的灵魂所在。

相比朝门,故乡的黄氏宗祠算是幸运的。在二十世纪六十年代"破四旧"时,飞檐画栋古色古香的朝门,被时任大队支书的本村人带头捣毁了,他原本还想把黄氏宗祠也拆了,最终为村里人所阻止。不过,作为"破四旧"的对象,宗祠里的神台、牌匾和牌位,还是难逃一劫,被本大队的羊乌学校校长带领"红卫兵"们砸了个稀巴烂。因此,在我出生以后,故乡的朝门便一直是空荡荡的,只有一些残存的石墩、石条和青石板,以及几棵高大树木;而古老的黄氏宗祠里,也没有了神台。

从儿时起,我就听父母无数次感叹过那已逝的朝门和宗祠神台的精美,相传光是那楠木神台的雕刻,就耗费了雕工三年的时间。宗祠的神台上,先前曾摆满了历代祖先们的牌位,遇着一年中的节庆日子,村中各家都会有人来这里烧纸焚香,叩拜行礼,祭奠先祖亡亲。不过这一切,随着"破四旧"运动的来临,嘎然而止了。

宗祠依地势坐西朝东,东西进深四十八米,南北开间十七米,四周绕着青石板走道。南北两侧山墙,各开有两道耳门。东边是正面,一共有三个大门,其中正中间的大门尤为高大,俗称正大门,上书"黄氏宗祠"四个古朴大字。正大门两侧,各设一条小大门,门楣分别题写"敦本""睦族"。平素的日子,两个小大门可以开启,正大门却是常年紧闭。走进大门,宗祠内豁然开朗,气度不凡。室内东西向呈三级台地式布置,依次为前厅、中厅和后厅,厅与厅之间,隔着两个巨大的天井,使得室内光线十分明亮。整个宗祠,除四周墙体外,室内由二十八根大小不一的圆木柱和错综复杂的巨大木梁撑起整个屋面构架。

在我小时候的记忆里,宗祠最让我惊异的,就莫过于这为数众多的木柱,一根根高大挺拔,有的我们要好几个玩伴手牵手才能环抱。

这些木柱的下端,是圆鼓状的青石墩,上端直抵粗大的栋梁。我那时无法想象,这些高大的木头是如何运来,又是如何立起来,建成了这规模宏大青砖黑瓦的古老宗祠。听村中老人们说,当年建造这栋宗祠时,因一名木匠徒弟失误,把一根大木柱锯短了三尺,结果造成所有木柱不得不全部矮下三尺,要不然,按当初的建造规划,这栋古建筑还要更加宏伟。

宗祠的前厅两侧是厢房,各由一架宽板楼梯上下,这里曾是村塾,是旧时村中儿童读书的地方。说到这个村塾,就必然跟一个人联系在一起,那就是黄璧将军。黄璧出生于清末,童年在这里读书,教书先生正是他的父亲。传说有一次,他背诵不出课文,被父亲一脚从楼梯口踢了下来。自那以后,黄璧用心读书,像一只卓然独立的山中凤凰,凭着优异的学业和才华,一步一步,走出了村庄,走出了乡里。以后他又出了县,出了省,在风华正茂的青年时代,走出了国门,东渡日本,官派留学东京帝国大学专攻兵工技术。十年留学学成后,黄璧回到祖国,历任黄埔军校高级教官、上海兵工厂炮弹部主任等职,后来又被任命为当时中国四大兵工厂之一的兵工署巩县兵工厂厂长。黄璧的这段故事,在我们村庄无人不知,他是村中的骄傲,是每一个父母长辈教育儿女子孙的经典榜样。我刚开蒙上小学时,学校就在宗祠的旁边,老师也经常鼓励我们,要像黄璧一样刻苦学习。

宗祠那扇高大的正大门,也与黄璧紧密地联系在一起。村中流传着古老的规矩,这扇长年累月紧闭的正大门,只有村里出了大人才、大角色才能开启。据说这扇正大门只为黄璧开启过两次，一次是他出国留学，全村父老开启正大门，隆重地欢送他；再一次是他在军队任上回乡葬父之时，一村老幼开启宗祠正大门迎接他。我的父亲曾多次跟我讲起那次黄璧回乡的盛况，那时我父亲正是十五六岁的少年，亲历了那个空前盛大的场面。可惜的是，黄璧中年突逝，客死在巩县兵工厂厂长任上，令一村人扼腕叹息！自那以后，几十年来，宗祠的正大门一直遵循古训紧闭着，而且在正大门的内侧，紧挨着搭建了一个戏台。我童年时代看过的那些古装戏，全都是在这个戏台上演的。

中厅是宗祠里最宽阔的一个大厅，与前厅和后厅之间都隔着天井，长久以来，村中每逢有白喜事，都是在这里摆酒席，能摆几十桌。中厅的侧墙上，镶嵌一幅长条形大石碑，记载了当年村人捐资建造这栋宏大建筑的钱款数目。立碑时间落款为"道光甲辰年仲夏谷旦"，亦即1844年农历五月吉日。照此推算，这栋古宗祠已经历了近两百年风雨沧桑。

2003年，新世纪之初，村中有识之士倡议，为保护传统，增强团结，凝聚人心，重塑耕读传家的新风尚，决定捐资重修朝门，整修宗祠。当年秋冬之交，新朝门落成，宗祠也整修完毕。在一个择定的好日子，暖阳高照，喜气洋洋，一村老幼，包括在外工作的游子和外嫁的村女，都应邀参加了庆祝大典。其中一项最隆重的仪式，便是重新开启宗祠的正大门。此时，横亘在正大门后面数十年的旧戏台已拆除，正大门的两侧门框上，贴着喜庆的红对联，"凤羽高张，曾有鸿儒渡瀚海;龙门大启,又当才俊出斯村"。在热烈的鞭炮和锣鼓声中,庄严厚重的正大门被众人一齐缓缓推开,一村父老乡亲陆续跨过大门,走进宗祠,每个人的脸上都洋溢着兴奋与自豪!

在宗祠后厅新修缮的神台前,我们这些从小听着黄璧的勤学故事,以他为楷模,自改革开放以来陆续通过勤学走出了故乡的大学生和中专生,在村中父老举行的庄严仪礼中,率先向祖先跪拜行礼。那一刻,我心潮澎湃,无比荣光!

第四辑

冬

冬至

岁月轮转，秋天一过，冬天也就来了。

立冬之后，天气渐渐变得寒冷。故乡的山岭郁郁葱葱，油茶果已经采摘下来，铺开在山边各处的晒坪和村旁屋后的禾场上晾晒。此时，漫山遍野的油茶花盛开如雪，预示着来年又是一个好年景。那些山脚下的红薯地，陆续挖了红薯，点种了小麦，远看是一片红壤，空空如也。江流两岸的田野，也早就收割了晚稻，更显空旷而寂寞。有时晴好的早晨，出门但见大霜，草地上，田野间，瓦屋面，到处是白茫茫的，池面上结了厚冰，水冷刺骨。

乡谚说："不过夏至不暖，不过冬至不寒。"冬至到了，寒意更添一层，真正是天寒地冻的日子。这样的日子，在我的童年和少年时代，也是故乡人的农闲期。

说是农闲，只是相比春插秋收，没那么多种田作土的繁忙农活了，其实也少有人真正闲着。村中年轻力壮的男女，常趁着晴好天气，带上几角或几元的小本钱，一齐结伴走几十里山路，去深山林区背杉树。他们往往天没大亮就动身，要傍晚甚至深夜才背着一棵杉树回家。而后，在赶圩的日子，再把杉树背到十里外的圩场卖了，赚取一点脚力钱。在我们家，我的二姐贱花就经常干这辛苦的重体力活。村中一些老者或妇女，则日复一日在被人翻挖过无数遍的空地掏红薯，或上山捡黄栀子、挖金刚苑，以此增加一点微薄的收入。至于捡柴火、扯猪草、煮潲、喂猪、灌菜园，对每一户农家来说，更是日常必不可少的事务。

另有一件重要的农活，便是选油茶籽。分田到户前后的许多年，故乡一带曾是有名的油茶产区，漫山遍野的山林，到处所见，都是油茶树。上山摘油茶是一件十分辛苦的农活，在家选油茶籽则是一项旷日持久的工作。油茶果在晒坪和禾场晾晒多日后，大多干枯开裂，露出指头般大小的籽粒，油光黑亮，多数油茶籽会自动从干枯的油茶壳里分离出来，黑压压的落满一地，看着令人高兴。但也有许多油茶籽不会从坚硬的壳子里掉出来，有的油茶果即便干枯了，也不裂开，如此，在将晒干的油茶连壳带籽收回家后，就得选油茶籽。

我家在村南溪圳边建了新瓦房之后，已分田到户，每年从晒坪收回的茶壳茶籽，都是靠墙堆在厅屋的一侧，像一座枯黄的小山。冬至前后的许多日子，尤其是雨雪天，无法外出，我的父母有时终日坐在矮凳上，围着这小山，俯首曲背，双手不停地挑选，将黑亮的油茶籽从硬壳里剥出来，放进箩筐装着。那些裂得不是很开，或者干脆就没开裂的干油茶果，还得用嘴咬开，或用石头、锤子敲开，才能取出籽粒。干油茶壳耐燃烧，是那时乡村冬日里的好柴火，只是接火难，烟尘大。

在挑选油茶籽的长冬里，冬至节在某一天不期而至了。从前的故乡，冬至节也是一个重要的节日。这一天，村中殷实人家会杀猪、干塘、抖冬水糍粑，一则用于祭祀与庆典，再则用来制冬至肉和冬至鱼。冬至节抖的糍粑，浸泡在水缸里，能长久不坏，可随时取食。不过，在生产队大集体时代，人们生活普遍贫困，一年都难得吃上几回肉和鱼，这样的节俗，自然也就消失了。即便这样，过冬至节的遗风仍在。在我的记忆中，挂冬至萝卜，曾是故乡人家所热衷的。此时，地里点种的萝卜，已长得个大苗长，很多人家会拔一两筛子萝卜来，无须清洗和切去缨子，直接挂在厅屋或檐下的竹篙上，白白绿绿的挂上一篙子。风干的冬至萝卜，皱蔫蔫的，软绵绵的，做菜时，别有一番风味。

对于村中许多妇女而言，冬至节这天吃南瓜甘沫（方言，即稀饭）

也是一件开心事。在此寂寥寒冷的节日，暂且放下手头选油茶籽的活计，切一个大红南瓜，与稻米一同熬煮一大锅，邀来素日相好的女伴和邻居，就着咸菜，一同吃喝闲聊，消受大半天的闲暇时光。昔日母亲健在时，邀来我们家吃冬至南瓜甘沫的，常有仁鸾、成玉、春容几个老相契（方言），和那个一辈子慈眉善目的雨莲同娘。如今，她们都已作古多年了，不知在另一个世界里，她们这些老伙计是否也还常在一起喝茶聊天？

母亲常说："过了冬至长根线。"冬至节之后，白天的时间渐渐长了，夜晚渐渐短了，而且离过年的日子也越来越近了。村北的榨油坊，已经开榨打油，新茶油的芳香借着呼呼的北风，飘散在田野之上的空气里，浸润着村庄，让人心旷神怡。

冬至也是大地由极寒萌生暖意的开始，颇有否极泰来之意。此时，园土里的麦苗已长有三四寸高，成为严冬里的一抹秀色与春意！

一种社会制度的变革，必然会催生一些与之相适应的新的生产生活方式，广而流行，便成时代民情风俗。新的风俗又将随时代而演变，适者保留，不适者或衰弱，或消失于历史长河中。帮工这种曾流行于故乡的新风尚，就是乡村社会大变革的产物，其兴起与消亡，都非常迅速！

20 世纪 80 年代初，田土山包产到户的改革，在故乡得到落实，原先在生产队的集体劳动方式轰然倒塌。家家户户单干，多劳多得，

139

生产积极性固然提高了,但毕竟每个家庭的人力有限,许多重要的事情不是凭一己之力、一家之力能办好的,这就必然需要寻求他人合作,相互帮助,由此,产生了帮工。那时候,农民基本上是固守乡村,没有太多外出谋生的门路,思想淳朴,这也是帮工得以盛行的基础。

那时的故乡,需要帮工的事情,多是围绕这么两个大的方面:其一是耕种,其二是建房。耕种上的帮工,以早稻和晚稻的插秧、收割为主;建房的帮工,则从打砖、烧窑、挖基槽、抬石头、砌地基,到背木料、建房屋,贯穿了整个漫长的过程。所谓帮工,也俗称人情工,除了大工,就是建房时的砌匠和木匠,他们作为手艺人要收取工钱外,其他一切事项所请的帮工,一概不需工钱的,只提供当天的饭食。即便是大工,当建房结束,结算工钱时,他们往往也会少算一两个工日,作为人情,送给主家。况且,那时真正余钱剩米的农家很少,尤其是建房之后,哪会有工钱及时支付给大工呢?大多是先结算一个数目,等日后有钱了再慢慢给付。

帮工也有一条不成文的规矩,就是相互帮工。比如我帮了你家几个工,等我家有事需要请人帮工时,也请你给我家帮工,这通常也叫还工。还工讲究对等,我帮过你几个工日,你最好也还我几个工日,两不相欠。当然,这样的规矩也只是一个大致的情形,具体到各家各户,因事因需而异,不一定泾渭分明,村里人嘴边常说一句话,"力气是用不完的",一般的人也不会太计较。也有极少数的人,他们勤劳肯干,又肯给人帮工,而自己几乎又不需要请人帮工。在故乡,人高马大一身力气的单身汉涛老馆,就是这样一个人。

做帮工有一样好处,就是能吃几餐好饭菜。帮工既然是人情,那么在十分讲究人情的故乡,请帮工的人家,总会尽量备办几个好菜来招待。那时的农家,平素是很少能够吃上肉、鱼的,不过请人帮工的日子,总会赶圩称上两三斤肉或鱼,再不济,豆腐、鸡蛋、海带、粉丝之类,是少不了的。

帮工的人,通常是青壮年劳动力,都是每个家庭的顶梁柱。在我们家,我的二姐贱花就经常给别人家帮工和还工,分田到户最初的那几年,我们家最主要的劳动力就是二姐,那时我正在上中学。

二姐读书少,个子不高,却顾家,又吃苦耐劳,做农活是一把好手。每年早稻莳田,若是我们家莳好了,或者我们家秧苗还要过一两天才到龄期,二姐就常会被别人家请去帮工。她莳田又快又好,且肯下力气,很会替别人家着想。盛夏"双抢"农忙时节也是这样,只要别人来我们家请帮工,就是二姐去。而在我的记忆中,我们家在耕种方面,倒是极少请帮工的,都是自己一家人勤勉干活,尽量减少开支。也正是因为二姐勤劳,又肯出力给人帮工,她为我们家积攒了不少人情工,在我们家建房时,村中很多乡亲都乐意给我们家帮工。

我们家原本是不会在一九八二年冬建房的,因为贫穷,没有那个很快能建成房屋的实力。父母当初设想,先好好种田养猪,积攒一些钱。凑巧的是,大姐家烧了一窑火砖后,想过几年才建房。大姐比我大十七岁,她就嫁在与我们村一江之隔的对岸小村,姐夫当兵转业后在铁路部门工作,当火车司机,家境算是比较好的,而且那时我的外甥还小,因此大姐家建房没那么迫切。大姐便与父母商议,先把那一窑火砖借给我们建房。父母自然很是欢喜,一家人干劲更大了,一切围绕着建房这件头等大事而努力筹备。

自房屋地基批下来后,很多日子,我们家都在请人帮工。那时故乡人家打地基所需的石头,一般都要请帮工到山岭上开采,我们家也不例外。而后,这些沉重的山石,又需人力或抬或挑,运到屋基地上来。等石头备好了,又需请砌匠和帮工开挖基槽,打地基,平整屋基。我至今都记得,每逢请帮工做事,家里每天都有一两桌人吃饭。

做帮工基本上都是苦力活,这之中,背建房所需的木料是最辛苦的。还在生产队时期,每当长冬农闲,村里的许多青壮年男女,常成群结队,天未大亮就起床,步行几十里山路,到临县的林区农家去购买一棵杉木背回家。背一次杉木,翻山越岭要走一整天,路上饥渴都要硬撑着。我们家建房一共购买了八十棵杉木,有三十棵是我二姐长年累月背杉木积攒下来的,另五十棵则是后来一次性请了村里的帮工背回来的。

一九八二年冬天,靠着村里众多乡亲的帮工,我们家的一栋新瓦房建成了。说是一栋,其实只能算是半栋,顶多是大半栋,因为缺少砖瓦和木料,打好的房基,还有两间没有建成。

20世纪80年代中后期,随着去广东打工的人渐多,村里的剩余劳动力越来越少,人们的思想观念也逐渐改变了。无论耕种还是建房,帮工越来越少。到了后来,但凡请人做事,都要计算工钱,人与人之间已然成了纯粹的雇佣关系,少了那一份淳朴互助的人情味。

进火

在回过头来看，20世纪80年代真是一个朝气蓬勃的时代，是故乡农业的鼎盛期，也是农民建新瓦房最多的一个时代。一户户的人家，先后从原来那些拥挤逼仄的青砖黑瓦的旧厅屋搬了出来，住进了独家独户宽敞明亮的新瓦房。

在故乡，乔迁新居俗称进火。在故乡人看来，火是一家之主，有了火，一个家庭就有了炊烟袅袅，有了烟火气息，有了生机与活力，可以说，一灶烟火就是一个家庭的象征，故又称火主。故乡的风俗，

新房建好的当年要进火,否则,就要隔上三年。因此,在那个年代,但凡故乡人家建了新房屋,一般都是当年就会搬家进火。

那时候,故乡人家建房,大多选择在秋冬两季,进火则最早也要到农历八月之后,尤以临近过年那段日子进火的居多。我家的新瓦房是一九八二年冬建成的,当年底搬家进火,其间时间紧,颇为仓促。不过那时的农家,普遍经济条件有限,对于新瓦房也没有太多的装修。家境宽裕的,粉刷一下外墙,或者仅用石灰浆勾砖缝,并在屋前屋后的瓦檐下和窗檐下的粉墙上,描绘一幅幅山水花鸟图案,辅以"勤俭""吉祥"之类的毛笔题字,这样的新瓦房看起来固然要漂亮许多。但大多数人家,外墙基本上都是清水墙,只把楼下内墙简单粉白即可。

我至今记得,我们家新瓦房建成后,一家人简单地将室内地面用窑砂和黄泥土填平并拍打紧实,尚来不及筑三合土地面。为了赶在过年前进火,父母只请了工匠给我们家粉刷了屋内楼板下各房间的内墙。粉墙的是村里的砌匠金德和他的衡州师傅。衡州师傅是一个高个子老者,年轻时就干砌匠,他四处闯荡谋生,最后来到我们村庄落脚,做了入赘的女婿。我们村庄的好几个砌匠,就是他带出来的徒弟。我们家粉内墙时,天气已经非常寒冷。内墙粉好后,屋子里变得十分明亮。

砌正灶是故乡人很看重的大事,要给砌匠封红包。故乡的风俗,砌正灶前得找算命先生选日子,选定的吉日要与全家人的八字相合,没有冲克,尤其要合一家主妇的八字,因为今后在灶台上煮饭煮菜的事务,基本上都是主妇的职责。砌正灶的砖头也有讲究,须是没使用过的新火砖,若用旧砖头,尤其来历不明的旧砖烂砖,被认为是很不吉利的。故我们家建房时,早就预留了砌灶台的新砖头。

被请来给我们家砌正灶的仍然是金德,那时他是村里人家建房的主要砌匠,又正值中年,儿女双全。在选定的吉日吉时,金德化纸焚香敬过灶神之后,便开始在我们家灶屋里砌灶,安置新撑架。这铁青的撑架,上面是一个铁环,下面是三条铁支撑,厚实稳定,是我父亲从圩场特地新买来的。可以说,撑架是正灶最重要的部分,所有砖头都是围绕撑架而砌,形成一个灶膛,众星拱月。放置新撑架时,还有一番仪式,每条铁支撑的下端,还要各用红纸包上一小包盐茶米给压着。正灶砌好,方方正正,撑架的圆环用来搁置煮饭炒菜的鼎罐锅子,灶膛内则用来烧柴火、炭火。

正灶砌好后,接下来的事情,自然是搬家。那些天,我们一家人既忙碌又高兴。桌子凳子,板箱木柜,箩筐竹篮,木桶木盆,坛坛罐罐,诸般农具,谷麸粮米,床铺衣物……即便一个贫寒之家,看起来没什么家什,真要搬起家来,或挑,或抬,或背,或提,乃至擦洗、晾晒,也要好几天来来回回,才能搬迁妥当。曾经拥挤逼仄的旧屋渐渐空了,新瓦房更有了家的样子。

进火自然也要选择一个好日子。在故乡,进火一般是在后半夜,此时,一村人都在歇息,村庄一派宁静,走在村巷里也不会遇到他人。

进火讲究团圆,一家人都要到齐。进火时,家庭的每个成员,手上都要从旧家带上一些东西,忌讳两手空空。我们家进火的那个漆黑的冬夜,父亲挑了一担箩筐,打着干葵花秆子火把走在前面,箩筐里有柴米油盐,有鼎罐锅子;母亲的一担,则挑了一盆燃得通红的炭火,还有木材、炭块和火钳等物;二姐、三姐手上也各提着铜茶壶之类的东西;我则肩挎书包,提一个点亮的灯盏。在明亮的火光里,我们怀着兴奋的心情离开了旧家,走在村前的石板路上,一路脚步杂沓,向着新家走去。推门进入新瓦房,放下担子,父亲在厅屋里点燃了一挂长鞭炮,激越的鞭炮声响彻村庄的夜空,宣告了天地间又一户人家乔迁了新居。母亲则将挑来的炭火夹进新屋的正灶,添加柴火,将一炉灶火烧得通红兴旺。敬过祖先神灵之后,我们一家人围灶而坐,烤着火,说些家常,母亲开始刷锅洗碗,烧水泡茶,崭新的一天就在这寂静冬夜的灯火下开始了……

天明后的新家,一切都是那样的美好,房屋崭新,宽宽敞敞,屋前溪水流淌,田野开阔,无遮无挡,真是一个美好的所在!

到了上午,陆续有村里的亲戚、往日的邻居,来我们家祝贺,俗称拢火。我清晰记得,那天我们家人来人往,欢笑盈门,屋前的鞭炮声不时响起,我们全家人的脸上,都满溢着幸福!

拜师

拜师总是与学艺紧紧地联结在一起。冬闲时节,正是乡人拜师学艺的好时间。

旧时的故乡,人们的日常生产生活,总是离不开手艺人。做木器要找木匠,漆木器要找漆匠,建房离不了砌匠,打石条、石墩要石匠,维修犁耙农具要铁匠,编制斗笠、箩筐靠篾匠……乃至做豆腐,剃头,裁缝,演戏,舞狮,打渔鼓,吹喇叭……所有这些掌握着一门或几门技能的农民,都是乡间的手艺人。世世代代,这些普通的手艺人言传身教，带徒传艺，使得各项技艺得以传承，维系了农耕乡村的正常运转。

在我的童年和少年时代，故乡的手艺人还不少，木匠孝建，砌匠金德，铁匠祥光，裁缝杏德，推豆腐、熬打糖的隆书，教舞狮的隆仁，吹喇叭的国治……这些别有技艺的人，我都十分熟悉，有些还是我家的邻居，他们在乡人的口中，一律被尊称为"师傅"或者"老师傅"。

小时候，我经常听父辈讲述拜师学艺的事。据说但凡拜师，往往要学三年。在这三年当中，当徒弟的事事要勤快，什么苦活累活都要争着做，这样才能博得师傅欢心，师傅才会慢慢传授经验和技艺。当学徒也是没有收入的，做事干活赚的钱都是师傅的，自己算是白干，而且逢年过节，还要给师傅拜年送礼，感谢师傅。三年学徒期满脱师，做徒弟的究竟学得如何，能否继承师傅衣钵独当一面，并以此作为谋生的门路，全靠自己的悟性和勤奋。即便没学到什么真本领，也怨不得师傅，正所谓"师傅领进门，修身靠个人"。不但如此，拜人为师，往往还得先交一笔师傅钱。

在故乡，师傅钱总是跟两个"三"的数目联系在一起，或者三块三，或者三十三，或者三百三，究其原因，一般人也说不出个所以然，总之是约定俗成的。照说师傅钱是个好数字，拜师也是个好事情，但在人们的日常生活中，反而特别忌讳这几个数目。比方说，到圩场买东西或者卖东西，若算得的钱数恰好是一个师傅钱，这时买卖双方都会有意打破这个数目，通常的情形，卖方少收一点，买方少付一点，双方都乐意。

昔日故乡的手艺人，师承关系比较复杂，有的是拜本村人为师，有的是拜外村人为师，有的师徒间还沾亲带故。在我们村庄，我的伯父仕成曾是有名的木匠，他年少时跟随外村的一个亲戚学艺，中年时他在本村带出了一个徒弟孝健。我很小的时候，我的伯父就去世了，那时孝健已是村里的木匠师傅，拜他为师的，是本村聪慧勤恳的小伙子贱仁。他们师徒二人，经常被人邀请，在村里村外做木工活，每次去雇主家，挑着那一担木工箱走在前面的，自然是徒弟贱仁。村里其他门类的工匠，师承关系大体也是如此，村里村外相互交织，随缘而定。但总的说来，子承父业的却很少，即便有，手艺往往也赶不上其父。可见学手艺，最主要的，还是在于个人对所学的技艺要感兴趣，倘若没有兴趣，又缺乏那份聪颖和悟性，还不肯吃苦，父教子也是枉然。

现在看来，村中的那些手艺人，他们的鼎盛期定格在了二十世纪八十年代。那是一个开明的时代，田土山包产到户，乡村百业兴旺，粮食连年增收，故乡大地生气勃勃，一栋栋新瓦房拔地而起。农业的振兴，农村的繁荣，自然让包括木匠、砌匠、石匠、铁匠、篾匠、补锅匠、阉鸡阉猪匠在内的各种乡村手艺人有了更多赚钱的机遇，同时也促进了传统技艺的传承。那个年代，人们的精神状态也格外好，开朗，阳光，积极向上。记得每年冬闲，村中常有成群的少年和青年拜隆仁为师，学习武术和舞狮，他们的目的除了健身，更重要的是在春节期间能够组成舞狮班子，在村内村外表演舞狮，欢庆新年。且村庄的冬夜，也常响起喇叭、二胡、竹笛等器乐声，那些断断续续不甚连贯的调子，一听就知道是出自刚跟了师傅的新手。

只是那个年代太过于短暂！随着工业化时代的遽然来临，去广东进城打工的故乡人越来越多，渐成潮流，乡村很快就空落落的，昔日令人无比珍视的田土山，也多有荒芜。许多日常的生产用具和生活用品，从前是靠手艺人制作，现在也逐步被价廉的工业品代替了。浩荡潮流之下，乡村手艺人一步一步失去了用武之地，也就更无人再愿意拜师学艺了，他们的手艺被尘封，被遗忘。

现在的故乡，砌匠金德，裁缝杏德，教武术舞狮的隆仁，阉鸡阉猪的仁生，补锅的老全，推豆腐、熬打糖的隆书……这些老手艺人已先后作古。剩下那为数不多的手艺人，木匠孝健，铁匠祥光，吹喇叭的国治，地仙如喜，老礼生秋盛……也都到了风烛残年。可以预见，他们从前人那里传承下来的技艺和才能，是难以再延续下去了。

去年冬天，我曾与四德有过一次电话长谈。他是我儿时的伙伴，比我略长几岁。年少时，他与一帮同龄人师从隆仁师傅，学习武术和舞狮，他身手敏捷，是舞狮班里的高徒，能在十几张八仙桌叠起的高空表演。如今的他，已做了爷爷，不再去广东打工。我向他提议，能否由他牵头，把沉寂了二三十年的舞狮班子重新组建起来，将那别具湘南地方特色的舞神狮和舞单狮的传统技艺传承下去。他无奈地表示，他也很想义务传授，只是村里的年轻人，要么考上大学出去了，要么就长年累月在外打工赚钱，根本就找不到愿意付出时间来学习的人。

定亲

小时候,在漫长的冬日里,常会看到送亲的队伍,他们呈一字纵队,鱼贯而行,有的抬着高衣柜,有的挑着木箱、木盆,有的抬着抬盒,有的挑着花篮,有的拿把雨伞,有的两手空空……那些崭新的嫁妆,无不红亮鲜艳,分外抢眼。有时,这队伍离我们村庄远远的,在江对面的田间石径蜿蜒而行,或在山边小路上行走,他们从一个村庄而来,朝另一个村庄而去,像无声的电影画面;有时,这队伍拐一个弯,过了石桥,向着我们村庄来了;也有时,这热闹喜庆的队伍,是从我们村庄出发的,在激烈的鞭炮声中,在众人心绪复杂的目光里,他们走出了村口的朝门,沿着古老而光亮的青石板路,渐行渐远……

旧日的故乡,一桩婚姻的水到渠成,往往要经过几道特定的仪式,用几年的时间,最终才能谈婚论嫁,隆重嫁娶。

故乡向来沿袭着传统,女嫁外乡,同村不娶,做媒曾是每桩婚姻不可或缺的前提。在乡村,媒人并不特指某一个人,甚至可以说,在成人的世界里,人人皆可为媒人。大体说来,做媒的以已婚妇女居多,她们与被说媒的青年男女双方家庭,往往还沾亲带故,如此,她们的可信度更高,说媒也容易成功。就拿故乡来说,那些从外村嫁入我们村庄的妇女,很多都做过媒人,通过她们的说合,把我们村庄的年轻姑娘,嫁到了她们的家乡;又或者将她们家乡的未婚女子,嫁到了我们村庄。因此,在一个村庄,女性的血缘关系非常广泛,很多人家之间,转弯抹角都成了亲戚。当然,也有一些特别热心的中老年妇人和男子,能说会道,性情开朗,又爱走动,日常访着谁家有适龄婚配的青年男女,就喜欢上门做媒,他们牵线搭桥的对象,范围更广,成了周边村庄知名的媒人。

俗话说,"媒人不打哄,双方不得拢"。做媒的人,经常两头跑,对着男方,把女方夸得美貌如花;对着女方,把男方夸得世间少有。媒人的话,固然让人听起来心花怒放,但男女双方及他们的家长,其实也未必全信,心里总免不了有些狐疑。一般说来,当媒人在男方女方间走动说合的次数多了，而且双方家长也通过各种渠道，旁敲侧击地对对方有了初步了解，都会同意让双方子女见上一面。

在20世纪80年代前后，故乡一带未婚青年男女见面，通常是在圩场上。选一个赶圩的日子，媒人事先约定男青年在圩场的某一个地方等，而后带着女子来见面。稍作介绍之后，媒人会借故走开一阵，让他们单独谈谈。若是双方羞羞答答的都有点儿意思，媒人会让男子找个粉摊，大家一起吃一碗米粉再分开，既显得男方有礼节，也加深了女方的好印象。若是一方不满意，往往当场就会先走了，这样的话，这个媒也就没法再做下去。

见过面有意继续交往的男女，媒人还得两头跑，继续沟通双方之间的意见和想法。若干日子后，倘若双方家庭有结亲之意，媒人就会另约个日子，带上女子和她的母亲去男方家，俗称看地方，也叫看屋。这回女方的母亲亲自登门，眼光自然是务实的，一切围绕着女儿今后在这户人家过日子着想，看住房是否宽敞，看男方家境如何，看未来的女婿和他的父母为人是否厚道，等等。男方家自然不敢怠慢，备办一顿好饭菜热情款待自不必说。经过这么一番现场考察与交流，要是双方都满意，就可以当场交手器（方言），比如男方送给女方一块新买的手绢，女方送给男方一双自己纳的新鞋垫，作为定情之物。此外，男方家庭会封一个几十元吉利数的红包给女子，作为见面礼。另给媒人封一个几块钱的小红包，作为牵线搭桥的感谢。

接下来，男方家庭要为一个重要的仪式做准备，那就是定亲，俗称定建。在昔日农耕的故乡,定建是一项大事,按照风俗,通常选择在端午节、中秋节,或农历十二月上中旬的日子。定建的这一天,女子在媒人的陪同下,来到男方家。男方家举行酒宴,小范围邀请村里的叔伯己亲参与见证,并介绍给女子认识。这一次,女子和媒人会在男方家做客一两天。在此期间,男方家杀猪、抖糍粑,喜气盈盈。等到女子回程的那一天,男方家已经备办了厚礼,由男子一担箩筐挑着,随同女子和媒人到女方家。这个礼俗,通常叫作打发女子,是很体面的喜事。

这回打发女子的礼物,箩筐里有点了梅花红染的糍粑和红鸡蛋,箩筐上面的团筛里,有送给女子的时新衣物鞋袜,还有猪肉等物品,一律用红纸盖着,看着就喜庆。这些糍粑和红蛋,女方家会及时提着篮子,在村里派送,通常是一家送一块糍粑,或送一个红蛋,既分享了喜悦,也等于向村里人宣告,他们家的女儿正式找对象了,未婚女婿首次上门来了!若是男方家境好,打发的糍粑和红蛋多,就挨家挨户派送;若是数量不太多,就选择性派送给村里的亲戚、房族和邻居。小时候,我就吃过不少这样派送的糍粑和红蛋,至今记忆犹新。

定建后的男女双方,从此可以光明正大地直接来往,媒人的中介已退居次要。遇着双方家中农忙,会相互帮忙。过年过节,男方要给女方家送节礼。也可以说,在某种程度上,那时故乡的未婚男女,是从定建之后才真正开始谈恋爱的。

不过事情往往也有例外。正如乡谚所说:"棉花要慢慢弹,人要慢慢访。"有的青年男女，相互间了解久了，觉得不合适，也会悔亲。若是男方悔亲，他之前所付出的所有财礼，女方家一分不退。如果是女子悔亲，男方家常常会组织一班人马，到女方家来算账，将之前付出的点点滴滴，乃至一块糍粑、一个红蛋，都要折算成钱，要女方家退赔。从此，两家成为陌路。

当然，在故乡，走到算账这一步的毕竟是极少数。大多数通过媒人说合的未婚男女，随着交往的加深，男欢女爱，感情日浓，谈婚论嫁也就水到渠成。

记得我二姐定建时，我姐夫送给她一只新手表。那时已是20世纪80年代中期，我正在上高中。二姐的这块手表，后来送给了我，伴着我读完了高中和中专，走上了工作岗位。

坐月子

母亲健在时,每逢谈到生育,常会说到一句话:"女人生孩子,就是闯鬼门关,闯过了,喝鸡婆汤,闯不过,见阎王。"这话确实不假,在我童年时代,同住一个老厅屋的另一户人家,那个年轻的新媳妇,就因为一连几天生不下孩子,最后大人、小孩都没有了,令人惋惜!

我的母亲一生孕育了十二个孩子,四个流产,四个夭折,最后只剩下我们姐弟四人——大姐荷花、二姐贱花、三姐春花和我,我是母

156

亲最后生育的孩子。那四个在婴幼儿时期病故的孩子——大儿二生、二儿寿生、女儿绣花及另一个生下来才七天还来不及取名的女儿，是母亲一辈子的至痛，及至晚年，每每提起，她仍然眼圈发红，牵衣角拭泪。

  大姐出生于一九五二年，是母亲头一个孩子。我最小，生于一九六九年。母亲的生育期，贯穿了二十世纪五十年代和六十年代，那个多艰而贫穷的历史时期。那时的故乡，作为偏僻一隅的普通山村，女人生孩子全凭天命，即便顺利生下来，坐月子休养也大多是徒有其名。

  母亲曾多次说到她生大儿子二生后坐月子的事，那时正值隆冬，又恰逢刚刚兴起吃公共食堂不久，自家没有粮食，囊中空空。父亲买不起肉，也无处可买，有一天他听说生产队的饲养场死了一只刚产下几天的小猪崽，就赶忙去捡了回来，一番清理后，煮给我母亲吃了。这是母亲在整个月子里吃到的唯一一次猪肉。按规定，生了孩子的家庭，可以领到二两糖票，而父亲去大队部领了糖票，回家的路上，因没有口袋装，就卷在衣袖里，不小心弄丢了。须知那时的二两黄糖，可是一个乡村女人在月子里唯一可靠的营养品呀！父亲竟然弄丢了！为了这事，母亲埋怨了父亲大半辈子，说他是故意把糖票丢了，令他几十年来都心怀愧疚。

  那个生不逢时的孩子二生，我此生无缘谋面的大哥，据说人很机灵且早慧，却在两岁多时，因一场病痛，命丧隔壁下羊乌村一名庸医的草药汤。此后多年,母亲又接二连三生下孩子,受尽了劳累和苦头,也都先后病亡了。一个个稚嫩的生命,眼睁睁看着他们死去而毫无办法,曾让父母痛不欲生!在那食不果腹、缺医少药的年代,这也差不多是他们那一代乡村父母,那一代乡村孩子的共同命运。村边那座茂盛的枞树山,不知埋葬了多少含苞待开的幼小生命!

不过,到了我的童年时代,村中妇女坐月子,情况已经有了很大改观,彼时尽管还在生产队大集体,但集体饲养场已倒闭,一般家庭都养猪、养鸡、养鸭了,且已种植双季稻,粮食产量和物质水平,远非先前可比。位于江对岸小村油市塘街上的供销合作社,红糖、冰糖、罐头、布匹、煤油、火柴……这些生活物品,可随时买到。大队部也有了医疗点和赤脚医生,周边的圩场,每逢赶圩日,卖猪肉的摊子总是少不了的。所有这些,为乡村妇女坐月子得到医疗上的保障和营养上的补充,提供了可能,新生儿的成活率自然也高了。小时候,我对村中坐月子女人的刻板印象,就是她们额头上整天会扎着一块厚毛巾,无论寒冬还是盛夏,她们行动迟缓,面容疲惫。

当乡村的日子渐渐好过,人们对于坐月子的保健自然而然就重视了起来。那时的故乡,生孩子添人丁,无疑是一个家庭的大喜事。当一个家庭有人怀孕了,家里通常会养一窝鸡,尤以新母鸡居多。孩子生下来,通常会宰杀一只大公鸡,盛了公鸡血,放了黄糖,用沸水冲泡,趁热给产妇喝了,据说这样能助产妇去除腹内淤血。为防止风寒内侵,一条毛巾是少不了的,需早晚包在产妇的额头上。从这一天开始,坐月子的女人有了许多禁忌:一百天内不能挑重担,不能跨水圳,以防子宫下垂;不能接触冷水,少外出,以免寒气入内,将来引发病痛;多卧床休息,少做事,以尽快恢复元气;多吃有营养、增奶水的瘦肉、新母鸡、鸡蛋、黄花菜、粉丝之类的汤菜,略略放盐即可,即便放油,也要放猪板油,千万要避免辛辣;少吃青菜,尤其不能吃易引起腹胀的青叶菜……

在女人坐月子的那段时间,除了己亲,村里的房族和邻里,也常会有人来看望,俗称看月婆。来看月婆的妇女,通常都会提一些营养品,大同小异,也无非是鸡蛋、粉丝、黄糖、猪肉之类,她们抱一抱襁褓里的孩子,说一番吉祥的话语,表达一份淳朴的关爱和情意。这样的传统礼节,此后一直延续着。

我对女人坐月子有更深切的感受,是在妻子三妹生下女儿黄佳之时。那是一九九四年秋,正值秋季开学不久。其时我在县城工作,妻子在医院剖宫产,出院后,我便租了一辆车,将她们母女二人送到了乡下老家坐月子。这也是我父母的意思,那时母亲六十多岁,父亲已过了八十,二老身体都很硬朗,更重要的是,这个小孙女,是他们盼了大半辈子的头孙。他们要以全部的精力和慈爱,来好好伺候月子里的媳妇和孙女,并为此已准备了大半年。

在整个月子里,母亲以她的经验和故乡的传统,全力照料着她的儿媳妇和孙女,洗衣服,洗尿片,给孙女擦洗,安排儿媳妇的一日三餐,无微不至。家里养的那一窝新母鸡,都吃进了妻子的肚子里,化作了源源不断的奶水。那时村里几乎天天都有屠户卖肉,新鲜的瘦肉,土鸡蛋,自家的干黄花菜,买来的粉丝、黄糖,家里一直就没有断过。父母每天忙碌而高兴,妻子的任务除了给女儿喂奶,便是吃了睡,睡了吃。难怪母亲有时候感叹:"现在这一辈人坐月子,是最有福气的!"

那个冬天,妻女一直住在故乡。我每个周末从县城回家,看着妻子的身体渐渐恢复,看着被充足的奶水喂得面庞可爱的女儿,看着做了爷爷和奶奶的老父母的快乐模样,觉得这瓦檐下的一家子,真是天地间最幸福的人!

腊八节

故乡有句谚语:"过了小寒,冷水成团。"

旧时的季节似乎比如今要分明得多,进入小寒节气,天气已是十分严寒。村前的池塘和水田,经常结着厚厚的冰盖,那些浅水池塘里,常有鱼儿冻死,翻着白肚皮,横七竖八地躺在冰盖下;路面也常结了冻,走起路来滑得很,需特别小心,稍不留神就会滑倒。有时,天气阴沉,细雨霏霏,寒风呼号,村人便知这是雪风天,是酿雪了,要下雪了。果然,一场大雪如期而至,先是雨夹雪粒,而后是细

161

沙似的雪粒铺天盖地，打得瓦屋面沙沙响，一阵工夫，石板巷子里、空地上就白了。忽然间，纷纷扬扬的鹅毛雪从天而降，无声地下着，下着……村庄，田野，菜园，树木，山岭，天地万物，全都被大雪覆盖，仿佛进入了一个童话世界。

进入小寒，也就进入了腊月，这是一年中的最后时光，距离过年的日子屈指可数，一天比一天近了。小孩子盼着过年，作为一家之主的妇女们，也在为过年做着精心的准备。相比北方在腊八节吃饺子、喝腊八粥、腌腊八蒜的习俗，地处湘南山区的故乡，却是别有一番风俗，腊八节前后的这段日子，差不多家家户户都要做霉豆腐，腌腊八豆，酿冬水甜酒。

小时候，村里有几户人家会做豆腐，隆书家与我家是隔一条石板巷子的近邻，他的简易豆腐坊设在他家所住的大厅屋里，一个大砖灶，一个大石磨，一个大王桶，靠墙是一溜乌黑的案板，上面放着许多豆腐箱子，墙上的长竹竿摊开一块块方方正正灰不溜秋的白垫布。从这时起，一直到过年，他家的豆腐坊迎来了一年一度的兴旺期，每日烟火缭绕，豆腐飘香，人来人往。许多年里，我家的豆腐，就是从这里做出来的。

母亲做霉豆腐时，先将新做的白板豆腐用菜刀横竖划开，切成比拇指略大的小团，大小均匀方正，而后整齐摆放在干净的大簸箕里晾着，上面再用一只大簸箕对口捂盖，挡尘防鼠，放置在灶屋楼上。多日后，豆腐生了浅浅的黄霉，有了独特的香味，母亲会用筷子夹了一坨坨的霉豆腐，沾上盐，滚上红红的辣椒灰，装入坛子腌着。这样红火的霉豆腐香喷喷的，看着就有食欲，我上中学住校的那些年，菜瓶子里就经常有它们的身影。

腌腊八豆,也叫腌豆酱,则先需炊煮黄豆。炊黄豆也有讲究,母亲通常是将挑选洗净的上好黄豆用甑箅装了,再置于水锅里,盖上木盖,这样,等一锅水都炊煮干了,黄豆既烂熟也不会粘锅烧煳,依然粒粒可数。炊熟的豆子凉却后,倒入大瓦钵装着,捂盖严实,埋藏在秕谷堆里酝酿。腊月天寒,豆酱通常要十天半月才能腌制好,生了浅霉,香味浓郁。腌好的腊八豆,拌上盐和剁辣椒装坛腌着,过年时蒸油炸肉,蒸油炸鱼,是节日里必不可少的配料。许多人家,通常也会将一部分腊八豆捣烂了,和上盐和红辣椒灰,与大头萝卜块一同腌着,又香又脆,非常美味!

酿冬水甜酒也必不可少。故乡人家热情好客,向来有劝酒的风气。在过年拜年的日子里,几乎家家户户都会用冬水甜酒招待来客。这种酒温热了喝,味甜而香,酒度低,好入口,能一碗一碗让人喝得尽兴,不知不觉地喝个微醺,甚至喝醉。因此,蒸一甑糯米,酿一缸糯米酒,是每个家庭主妇在腊月里的功课。许多人家,往往就将装缸的糯米酒放置在灶屋宽板长凳的墙角落酝酿,周边包裹覆盖一些旧棉絮、旧衣物,平日里与一家人同处相偎,一同接受炉火的暖意。六七天后,糯米甜酒酿好,芳香扑鼻。酿好的糯米酒,掺上一大锅新鲜的温米汤,放一些冰糖,满满装上一两只大酒瓮,这就是冬水甜酒,也叫拖缸酒。相比春天酿的春水甜酒,冬水甜酒经久不老,不变味不发酸,味道醇厚,是过年的佳酿。

当腊八豆和冬水甜酒的芬芳,在村庄里各家的屋檐下日益浓郁时,过年的日子,是愈发地近了,近了!

杀年猪

岁月轮转,流光易逝,不知不觉间,春天过去了,夏天过去了,秋天过去了,冬天也进入了尾巴。

此时的故乡,年味日浓,各家都在为过年备办着种种年货。散布村间的多个碓屋,整日都有妇人和孩子进进出出,在那里捣米粉,筛米粉,用来做兰花根,泡油糍粑;隆书、隆记、明星等几家的豆腐坊,每天都有推磨豆浆的,看做豆腐的,端着白亮亮豆腐回家的,人气很旺;村对面油市塘街上的昌维缝纫店,本村做裁缝的杏德家里,裁剪台子上都堆着众多各色小布卷,他们日夜不停地量布、裁布、嗒嗒嗒踩缝纫机,忙着给许多人家的大人、孩子做过年的新衣裳;村前一口口大小池塘,已陆续有人干塘捉鱼……在这样的日子里,杀年猪自然而然也就登场了。

旧日的故乡,杀年猪、送年菜是过年前最重要的年俗。

在我童年时期,几乎家家户户都养猪,我们家也不例外。一年中,我们家一般都养着两头猪,一头大的,一头小的。等大猪杀掉后,马上买一只猪崽来,而原来的小猪此时也长成半大的猪了,俗称条猪。这样,年复一年,猪栏里总是养着两头,每年都有一头能出栏宰杀,不至于断档。乡间普通人家的这种养猪方式,也叫作养踏栏猪。不过那时还在生产队大集体,农家养的猪不能私自宰杀,猪养大了,要交给生产队,由生产队决定猪的最终去向,或是送公社食品站抵国家任务,或是在过节过年时宰杀分肉。而后,按照猪的重量,生产队会给农家计算一定的工分,算作农家一年养猪的辛苦所得。

那些年,每到临近过年的时候,村里的几个生产队都会杀年猪,每个生产队通常要杀好几头。早几天,各生产队的队长、会计、保管一干人,就会挨户查看猪栏,挑选大猪,定下几户杀猪的人家。那时各生产队都有屠户,我家所在的五队,长久以来,屠户是常节眯眼和国杏。

那几天,村里不时会响起猪的号叫声,叫声起初高亢而激烈,而后越来越微弱,最终归于沉寂。年猪杀死后,众人会将大肥猪抬到屋

165

檐前的石板巷子里，横放在两只木脚盆上。这时候，养猪的人家，早已在柴火灶上烧了一大溺锅的沸水。屠户提着铜壶，一壶一壶从锅里打了水，从头到尾，在猪身上细细地烫，热气腾腾，脚盆里的热水渐渐满了，淹着猪身的下面一侧。烫过的猪容易刮毛，屠户躬身俯首，拿着瓦片状的黑亮铁刮子，在猪身上唰唰地用力刮着，刮子所过之处，猪毛脱落，白白亮亮。两只木盆也不停摇晃，热水里落满了猪皮、猪毛，变得浑浊不堪。等猪毛全部刮干净，冷水冲洗一番，便开始上架剖边。

此时，围观的人也多，大人、小孩莫不爱看。附近的大狗、小狗，也赶来凑热闹，在剖猪架下，龇牙咧嘴舔舐淤血，难以驱赶。白亮亮的大猪悬在架子上，后腿张开，猪头朝下，如同受刑。屠户的尖刀从上而下划过猪肚皮，我们便一一看到了猪肠、猪肺、猪肝、猪心、猪肚、猪胆……以及光溜溜的猪腹腔。猪的内脏取出来后，屠户最后拿出大砍刀，将大猪劈成两半，一爿一爿卸下来，弯曲着装进一担干净的大谷箩。

在生产队时期，杀年猪的人家，除可留下一盆猪血外，所有的猪肉和内脏，都归集体。宰杀的年猪，生产队按各户的人口和工分，分配猪肉。人口多工分也多的人家，自然分得的猪肉也多。分得的猪肉，各人用竹篮提回家，是一年来的好盼头。

故乡长久以来的习俗，过年前要送年菜。所谓年菜，就是一块新鲜的猪肉。送年菜的对象，都是自家春节期间要去给拜年的长辈，尤其是一家主妇的娘家已亲。在我童年时期,我们家送年菜,通常是送舅舅家和满姨外婆家。分到猪肉的当天,我的母亲就会切割两块长条状的好猪肉,每块一两斤的样子,一端扎了稻草,安排我们姐弟拎着,步行山路,去送年菜,顺带约好来年春节去拜年的日子。那几天,通往各村的小路上,时常能遇见拎着猪肉送年菜的大人和孩子。

分田到户后,随着生产队和食品站的解体,农家养了大肥猪,只要缴纳了屠宰税,随时都可宰杀售卖。对于我们家来说,一年中还是顶多养两头猪,毕竟要耗费不少猪草,一头猪的生长期差不多要一年,有时候还会更久一点,而且家里的猪栏也只有一个。这时候,我们家已住进新瓦房,猪栏就在新瓦房的屋后。

在我读中学、上中专的那些年,我们家养的猪,其实很少在过年时宰杀。有时春耕要买种子、化肥,有时年中要交农业税,有时开学要交学费,有时仅仅为了多卖一些钱……父母通常会在家中最需要钱,又无其他办法的时候,把猪杀了卖肉,或与屠户估毛重,俗称估坨子,将整头猪囫囵卖了。

一九八九年,我中专毕业,参加了工作。往后,我的经济条件慢慢好转,家里差不多年年都要杀年猪。不过,这时三姐已出嫁了,我也在县城娶妻生女,故乡只有父母二老,他们一年只养一头猪,从年头养到年尾,专门等我们姐弟几家人一起回家杀年猪。

每年到了春节放假,我会带着妻女回到故乡过年。在约定的日子,我的姐姐、姐夫和外甥们,都会来父母家。那一天,我们请来村里的屠户，将父母养了一年的大肥猪宰杀了。这些猪肉，很快会瓜分干净：我们自家过年留一些；三个姐姐家也会各买一些，父母另会送她们一些；村人邻里也会来买一些。一家人吃过杀猪饭，三个姐姐和她们的家人拎着猪肉各自回家，我也拎着几块大猪肉，去舅舅家和岳母家那边送年菜。

只是不曾料到，在新的世纪之交，随着工业化和城镇化浪潮的狂飙突进，乡村发生了急剧的变化，在短短数年间，农村养殖业就遭遇了空前危机。故乡养猪的人家越来越少，乃至于无，而荒废的田地却越来越多。

如今的故乡，已经没有杀年猪的习俗了，因为农家已无猪可杀。于我而言，还依然在坚守着那古老的年俗，每年年底给舅舅家和妻兄家送年菜，不过，这猪肉不再是来自故乡，而是来自县城的菜市场。

小年

距离过年的日子越来越近,村庄里的年味就越来越浓了。无论日夜,每从石板巷子里走过,各家的窗户里,都会传来新茶油炸年货的哗哗声,伴着浓郁的新茶油芳香。兰花根、套环、花片、红薯丝、油豆腐、油炸肉、油炸鱼……这些美味的年货,无不油光发亮,香喷喷。通常来说,故乡大多数人家,在农历小年之前,都会把油炸的年货备办妥当,预备着春节的到来。

在新年即将到来之际,心情最急切的,无疑是孩子。记得小时候,

169

每当年底,我就天天焦急地问母亲:"还有几日过年了?"母亲一天天都是重复着同样的话语:"快了!快了!再过几日就过年了。"我在盼望中煎熬地数着一个个日子,真希望睡一晚,第二天早晨一睁眼起来,就是过年了!过年了,就有好东西吃,就有新衣裳穿,就有压岁钱,就有好玩的鞭炮……

似乎专门是为了与小孩子过不去,又似乎是为了安抚小孩子的焦急情绪,善解人意的祖先,特地选在过大年的前几天,安排了一个过小年的日子,并传承至今。故乡地处湘南,过小年是在农历腊月二十四这一天。

与孩子们的焦躁比起来,大人们的心情平稳而沉着,一切事务沿袭着传统,有条不紊地忙碌着。在故乡,围绕着过小年,每户人家都有三件大事是必须做的:除尘、送灶和敬神。

旧时的故乡,煮饭、煮菜、煮潲,一年中的大多数日子,都是烧柴火。柴火烟尘大,加上油烟气,日积月累,灶屋的房梁、楼板、墙壁,都是黑乎乎的,有着厚厚的灰尘。锅底、鼎罐底,就更不用说。这些黑亮的油烟尘,浓墨一般,无比细腻,有的还丝丝缕缕挂在房屋高处,随风飘荡而不断,韧性甚好,俗称弹墨。烧了一年的柴火,任谁家的房屋里都有着厚厚的烟尘,碗柜也被熏得变了色,掩盖了原本的枣红。

在我们家,尤其是搬进新瓦房之后,每年小年来临之际,一家人就会选择在某一天洒扫房屋,清洗家什。我们戴着草帽,将高粱扫帚绑上长长的竹竿,把每间屋子高处的烟尘仔细清扫一遍;把铁锅、鼎罐以及久未使用的长凳、木甑等器物,一一提到门口的溪圳,洗刷一番;灶屋的碗柜、桌子、宽板长凳、灶台,自然也会擦拭得干净。经过这么一场声势浩大的大扫除,朴素的农家显现出整洁的容颜,既是对新年的迎接,也是对旧年污秽的清理,有着美好的寓意。

故乡风俗,灶为一家之主,灶王爷在一个家庭中,有着至尊的地位。母亲从小就经常教育我们,对待灶王爷要恭敬,不能将腿架在灶台上,那是大不敬。要是我们不经意间将腿架在了灶台上,母亲不仅会骂,还会拿柴火棍打腿脚。母亲还教育我们,在灶台上洗碗筷,不能敲打,说那是打灶王爷的头,是有过的。对于我来说,对灶王爷更是有着一份浓浓的亲情。我小时候病痛多,难养育,父母算了八字,请人写了寄名帖,将我寄于灶王爷的名下,从此我有了一个寄名——灶青。灶王爷也成了庇佑我成长的家神和亲人。

故乡人家送灶,是在小年前一天的午后。母亲常说,这一天灶王爷上天,是去玉皇大帝面前汇报一年来在家中的所见所闻。这一天,妇女不能动针线,怕针线牵牵扯扯,绊着了灶王爷的腿脚。送灶时,父母会仔细备好贡品,放在灶台上,里面定然有糖果。据说灶王爷吃了糖,嘴巴甜,会多言好事,多保佑我们家来年风调雨顺,诸事吉祥。在这庄重的时刻,母亲打开灶屋门,一脸虔诚地在灶台旁化纸焚香,口中念念有词。随着一阵清脆的鞭炮声,青烟腾起,从灶屋门口飘散开,飘向屋外。恍然间,我仿佛看到慈祥白须的灶王爷,已从我们家翩然而去，伴着祥云烟霞，朝着苍茫高远的天空飞升。

过小年的这天，故乡人家一般都是过中节，也就是中午这一餐是正餐。杀鸡宰鸭，大鱼大肉，这一天的菜肴无疑是十分丰盛的，这也是大人、孩子终于盼来了的好日子。这天上午，许多人家的男主人，都会用篮子提着煮熟的整鸡、全鱼和猪肉，来到祖厅，放在神台前的供桌上敬神，有的人也会去宗祠里，化纸焚香放鞭炮，叩首作揖，恭请列祖列宗回家过年。

当诸事安排妥当，美酒佳肴陈列于桌，一家人围坐在一起，笑意盈脸，一团喜气祥和。大家喝酒吃饭，碗筷叮当，小年的喜悦氛围，已笼罩在每一栋瓦房，每一个村庄。

挂红传杯

红色,总是与吉祥喜庆联系在一起。旧日的故乡,新做的木器嫁妆,诸如桌凳、碗柜、衣柜、挑箱、板箱、木盆、木桶……无不漆成枣红色;遇着节庆,煮红蛋,白糍粑点上梅花红染,送节礼的篮子上还要盖一张红纸;寄名红帖子,压岁封的红包,春节红对联,新娘子的红伞、红裳、红盖头,更是红红火火!

在故乡,有一项传承久远的庄重仪式,也与红色相关,就是挂红传杯。所谓挂红,是指在肩膀上披挂一块方形的红布,寓意吉祥好运；所谓传杯，就是一桌之人，共同为挂红者祝酒四轮，也称祝酒四杯，每祝酒一杯，由长者说一句祝福的话。因事情的性质不同，有的场合，挂红与传杯兼备；有的场合，则只传杯，不挂红，而是将一块红布盖在装了茶点的果盒或圆盘上，同样也是取了吉祥之意。挂红和传杯的习俗，与每个人，与每个家庭，都休戚相关，至今仍为故乡人所看重。

　　当一个家庭里，有小儿满周岁，或者有人过十岁、二十岁、三十岁这样的大生日，通常会举行一个挂红传杯的仪式。这是人生大事，尤为庄重。一般而言，过大生日挂红传杯，会选在日出之时，在厅屋的神台前摆上一张八仙桌和四条长凳，桌中央放一圆盘糖饼、花生之类的茶点，一块预备好的干净的四方红布叠着放在茶点之上，桌面四周摆上酒杯，每个杯里都放了两颗红枣。当天过生日的人和家中最年长者坐上席，其余的人坐另三方，长幼有序。行礼时，于鞭炮声中，先由长者拿了盘中的红布并打开，披在过生日之人的双肩。随后，掌酒壶的人，从庆生者面前的酒杯开始，一一斟上第一轮酒。斟酒时，酒量宜少，蜻蜓点水般，少许即可。此时，面带笑容的长者率先端起酒杯，向庆生者祝第一杯酒，祝词因年龄而异：若是周岁小儿，则"长命富贵"；若是青少年，则"前途无量"；若是中老年，则"红日高照"，诸如此类。众人见状，也一齐举杯同祝，并抿一口示意，放下酒杯，复又正襟危坐。之后，掌壶者依次斟第二轮酒，第三轮酒，第四轮酒，恭敬如前。长者一共祝酒四杯，祝词虽各不相同，但全都是吉利之言。当此之际，若是大门外有太阳高照，满堂生辉，更是大吉！众人无不欢愉！挂红传杯毕，酒杯撤下，方才换上茶碗，一桌人喝茶聊天吃东西，气氛轻松欢快。记忆中，我的十岁生日便是在这样庄严又轻松的氛围里度过的。

在故乡，给六旬以上的老人过大生日，则不再挂红，只是传杯。民间传言，给年岁大的老人挂红，会抢了子嗣的红运，反而于家庭不利。

旧时村中大病初愈之人，或者身患沉疴之人，为了改变一下运气，有的人家也会为病痛者举行一个挂红传杯的仪式。在我童年时，母亲有一次就病得很久，到了连走路都不稳的地步。那时家贫，无钱看病抓药，母亲就这样一直硬撑着。在无法可想的情况下，母亲算了一个八字，算命先生说要挂红方得好转。母亲本是信佛听命之人，何况挂红传杯也简单，就这样，在父亲的操持下，我们一家人为病中的母亲挂红传杯，祝愿她早日恢复健康。虽然，这样的仪式更多的是一种安慰，但此后母亲的病还真慢慢好了，这也正是我们所期盼的。

通常来说，挂红只针对具体的个人。但有一事，则在场的所有人都要挂红。当村中有人去世，在安葬的当天，送葬的一众人等从山上回来时，礼生已将原本当作灵堂的厅屋打扫干净，并摆上了连席，门口的白对联已撕掉，换上了红对联，神台上也张贴了红纸写的家神牌位。众人围桌而站，礼生将一块长长的红布搭在每个人的肩头，而后举行挂红传杯的仪式，以示驱除不吉与晦气。仪式后，众人散去，生活复归平常。

　　故乡的另一些仪式，只传杯，不挂红，但一块红布依然不可或缺。嫁女娶亲之日，出嫁的女子在离开娘家之际，娘家人会给女儿传杯送行。当新娘子到了婆家，婆家人也会在厅堂传杯，迎接新娘子的到来。

　　每年春节，家家户户都会一次又一次地传杯。故乡的习俗，正月初一是新的一年头一个初一，当天早晨，全家人洗漱之后，第一件大事便是传杯，只有传过杯，才可出行，大吉大利。此时，神台前点了红烛香火，厅屋大门口正燃放着长长的鞭炮。一家人围席而坐，父母长辈坐上席。装了糖果的圆盘上，红布鲜艳而喜庆。在我们家，父母健在时，首先端杯祝酒的总是父亲。父亲的传杯祝词差不多年年都是一样的，我们已耳熟能详："一杯，出行大吉！""双杯，双发！好事成双！""三杯，三多，多财多宝多人！""四杯，事事如意，四方大利！"在父母的祝福声中，我们深深感受到了一家团圆的新年幸福！整个春节期间，无论我们去舅舅家拜年，还是亲戚来我们家拜年，都会传杯迎接，亲情浓浓，仪式感满满。

　　从童年到而立，我的生命中一直有父母的陪伴。每年除夕之夜，在故乡那栋温暖的瓦房里，母亲就会精心预备着头初一早晨传杯的东西，将兰花根、套环、油糍粑、花片、糖果这些年货装好盘，并把那块珍藏了许久的干净红布重新找出来，摊开，盖在圆盘上，等待着那个重大时刻的来临。

除夕

除夕奔跑而来。

小年之后,日子过得飞快,一年的尽头近在咫尺,剩下的日子屈指可数,待五根手指数完,除夕也就到了。这几天,村庄零散的鞭炮声,这里噼一下,那里啪一下,一日更比一日稠密,那是孩子们扔向大地和天空的欢乐,仿佛给正奔跑着赶来的除夕加油鼓劲!

为了赶在最后的几个日子把年货备齐,把该办的事情都办清楚了,家家户户的大人们,这阵子倒是有点儿紧迫而忙碌了,赶黄泥圩、东成圩的，到油市塘供销社买糖果、饼干、年画的，到裁缝店催促做新衣新裤的，到处都是人。甚至浇淤灌园清理小便桶的、摘菜、洗菜的，备猪草、柴火、炭块的，洗衣物、洗被子的，也愈发地勤快了。一切不言而喻，只因除夕就在眼前了！一个富足、祥和、洁净又喜庆的团圆佳节，是世世代代的农家无比珍视的。

除夕终于到了！它像抵达终点的长跑者，脚步一下就慢了，舒缓开来。在故乡，人们习惯把这一天称作"三十晚上"。有句乡谚，"三十晚上的砧板"，意即这天每家每户都在杀鸡宰鸭切好菜，为过节做准备。

年少时，我们一家已在村南的新瓦房居住，门前溪水潺潺，田野广阔，青山绵延。每年除夕这天，同许多建了新瓦房的人家一样，我们家也会在厅屋大门口和灶屋门口，各贴上一副红红的春联。我上高中后，母亲把写春联的任务交给了我，虽然她与父亲都不识字，尽管我的毛笔字写得也不好，但母亲觉得既然这些字是出自她儿子的笔下，就好看，就更有意义。母亲说不出这样的话语，但从她的眼神和笑容里，我能真切体会到。因此，每年除夕之前，母亲就会特地从江对岸的油市塘供销社买来一张大红纸和一瓶墨水，若家里的旧毛笔坏了，甚至还会买一支新毛笔。其实，我写的春联内容，也都是从别人家门口看来的，或从书上学到的。我至今对两副春联记忆犹新，正大门的那副是：门对青山千年盛，户纳祥光万代隆；灶屋门口的那副是：宝剑锋从磨砺出，梅花香自苦寒来。门楣上各贴上四字横批。讲真，当门口贴上了火红的春联,且又是自己写的,怎么看怎么顺眼,觉得自己简朴的家更好看了,喜庆明亮,更有了浓浓的年味。

除夕这天,故乡的风俗,当天吃两餐饭,早饭简单应付,过节的正餐,也就是年更饭,团圆饭,比平日的中饭迟,比夜饭又早,俗称"迟中饭、早夜饭"。一年一度,收头煞尾,在吃年更饭之前,最重要的事情无疑是敬神。这天上午,村里人家几乎家家户户都会杀鸡,用来敬神。在我们家,母亲将鸡宰杀清理后,整鸡煮熟,呈跪拜状装盘,放在厅屋的神台前,敬土地神灵,敬历代祖先。当天村前的老水井、老柏树旁,村北一处叫雷打石的地方,会陆续有人端着鸡来敬神,烧纸烧香,点红蜡烛,红红的鞭炮屑铺满一地。这是村里人最爱给小儿寄名之处,这些井神、树神、石神,自然成了诸多人家的庇护神灵,享受人间香火与敬意。敬过神的鸡,改刀烹煮,香喷喷,是当日过节的一道大菜。

吃至为丰盛的年更饭,故乡向来极有讲究。年更饭是一年到头的团圆饭,一家团聚,吃饭喝酒,极尽欢乐,特别忌讳此时有外人到来。故而这一天,每户人家的长者,都会一再告诫少不知事的孩子,不要到别人家去玩,就在自个儿家里或屋旁玩耍。在往昔,除夕过节吃年更饭时,一般人家放过鞭炮之后,都会把屋门关闭,也叫关财门、封财门,闩上门闩,守住财气,以防万一有外人闯入,漏了财运。积习成俗,人们普遍都会遵循这一年俗,极少在别人家吃团圆饭时贸然打扰。若是有人此时不期而至,主家会十分不悦,日后这户人家如有不走运的事情发生,会埋怨一年。有的村庄,旧习在吃团圆饭时,会准备一根粗大的木棒放门边,若有人冒失推门而进,就一木棒打将过去。

当整个村庄响起连续不断的鞭炮声,我们知道,各家都在闭门吃团圆饭了,此时是故乡大地最为幸福祥和的时刻。

吃过团圆饭后,一村的亲友邻里之间,又可相互间串门辞年,坐一坐,说一些祝福的话语,顺带给小孩子送一些用来玩耍的鞭炮之类的小礼物。

除夕当天,也是一年中讨债还账的最后日子。在故乡,旧日讨债之人,往往会在团圆饭后上门。有的一家之主的男子,实在还不了钱,也会趁这个时候走出家门躲帐,藏在某个偏僻之处。对于这样的人,讨债人不能一直在他家坐着干等,因为照故乡的规矩,即便叫花子也要过新年,上门讨债之人,必须在除夕当晚十二点之前离开,以便躲账的人能回家过年。

不过,对于绝大多数家庭而言,除夕夜是宁静而温馨的。窗外的夜空,不时有零散的鞭炮之声传来。屋内的灯光下,一家人围着正灶烤火,吃东西,喝茶,谈天说地,一同守岁。除了给孩子压岁钱,除夕之夜的另一个年俗也是必须的,那便是给毛头小儿刮屁股。所谓刮屁股,其实是刮嘴巴,担心童言无忌,在过年期间,尤其是在正月初一说出不吉利的话。刮屁股,多是在小孩睡着时进行,由奶奶爷爷或父母取一根小木棍,或一截高粱秆子,或几根稻草,或一张纸片,在小孩的嘴巴上象征性地刮三下,并说道:"刮屁股了,刮屁股了,好话有准,丑话当屁。"并在小孩的床头放一颗糖,以便小孩子头初一早晨醒来就有糖吃,嘴巴甜,讨个吉利。

从少年到青年,在这栋新瓦房里,我与父母、姐姐度过了一个个温馨的除夕,无限美好!那时,虽然我们家一直买不起电视机,生活简朴,但有父母在,有姐姐在,有那一灶红红的除夕炉火,简朴之家也是人间最美好的所在。以后,我参加工作,成家生女,除夕里的欢笑声更多了,在这间瓦房里,我的父母,乐呵呵地为他们的小孙女封压岁钱,刮屁股,沿袭着古老的传统。

夜深人静,我们都上床入睡。只有母亲还依然在忙碌,这是她几十年来的老习惯,这个除夕之夜,她通宵守在灶屋,只在我们上床后,独自坐在灶火前打一会儿盹儿。而后,她又精神百倍地预备着明儿早晨过新年的事务,等待着夜半第一声鸡鸣,等待着叫醒我们吃夜半的年更酒,迎春纳福。

长长的静寂之后,新年降临夜半的村庄。那一刻,天地交泰,旧的一年正离去,新的一年已到来。

突然,声音大作,像雨点,像雷鸣,像千家万户一致约定的迎春号角。

鞭炮骤然响起……◐

图书在版编目（CIP）数据

节庆里的故乡 / 黄孝纪著. — 南宁：广西人民出版社，2022.1（2024.1重印）
　（中国乡存丛书）
　ISBN 978-7-219-11287-8

Ⅰ. ①节… Ⅱ. ①黄… Ⅲ. ①散文集—中国—当代 Ⅳ. ①I267

中国版本图书馆 CIP 数据核字（2021）第 214076 号

JIEQING LI DE GUXIANG
节庆里的故乡
黄孝纪　著

出 品 人	白竹林
执行策划	吴小龙
责任编辑	李亚伟　唐柳娜
责任校对	周月华　梁小琪　文　慧
装帧设计	刘　凛
插　　画	张　靓
封面版画	徐小龙《声声醉》（局部）
参与制作	《塔社》阿非工作室

出版发行	广西人民出版社
社　　址	广西南宁市桂春路6号
邮　　编	530021
印　　刷	广西民族印刷包装集团有限公司
开　　本	889mm×1230mm　1/32
印　　张	6.25　　　　插页　4
字　　数	142千字
版　　次	2022年1月　第1版
印　　次	2024年1月　第4次印刷
书　　号	ISBN 978-7-219-11287-8
定　　价	52.80元

版权所有　翻印必究